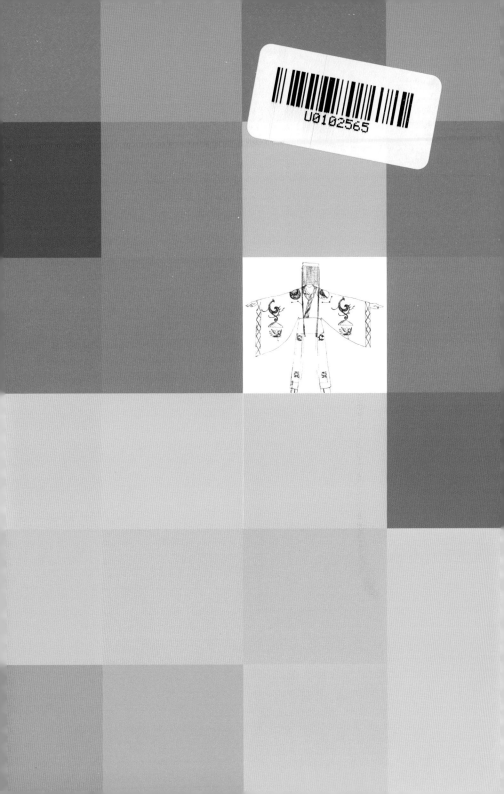

诗歌中的服饰

吴修丽 —————【编著】

SHIGE

YU

KEPU

河海大学出版社
HOHAI UNIVERSITY PRESS
·南京·

图书在版编目（ＣＩＰ）数据

诗歌中的服饰 / 吴修丽编著. -- 南京 ： 河海大学
出版社，2022.3（2023.5重印）
（诗歌与科普 / 何薇主编）
ISBN 978-7-5630-7423-5

Ⅰ．①诗… Ⅱ．①吴… Ⅲ．①古典诗歌－诗集－中国
②服饰－中国－通俗读物 Ⅳ．①I222②TS941.742-49

中国版本图书馆CIP数据核字(2022)第008227号

丛 书 名 / 诗歌与科普
书　　名 / 诗歌中的服饰
　　　　　 SHIGE ZHONG DE FUSHI
书　　号 / ISBN 978-7-5630-7423-5
责任编辑 / 毛积孝
丛书主编 / 何　薇
特约编辑 / 邰云萍
特约校对 / 李　萍
装帧设计 / 秦　强
出版发行 / 河海大学出版社
地　　址 / 南京市西康路1号（邮编：210098）
电　　话 / （025）83737852（总编室）
　　　　　/ （025）83722833（营销部）
经　　销 / 全国新华书店
印　　刷 / 三河市元兴印务有限公司
开　　本 / 880mm×1230mm　1/32
印　　张 / 9
字　　数 / 226千字
版　　次 / 2022年3月第1版
印　　次 / 2023年5月第2次印刷
定　　价 / 49.80元

序

中国素有"衣冠王国"的美誉，华夏祖辈们用自己的勤劳和智慧，创造出了具有民族特色和地域风情的衣冠服饰，让中华服饰在世界服饰文化史上留下了浓墨重彩的一笔。《周易·系辞下》有："黄帝尧舜垂衣裳而天下治，盖取诸乾坤。"自此有黄帝始制衣裳之说，揭开了中国服饰史的序幕。

唐代经学家孔颖达在《春秋左传正义》中说："中国有礼仪之大，故称夏；有服章之美，谓之华。"意思是，因为中国是礼仪之邦，所以称"夏"，"夏"有高雅的意思；又因为中国人的服饰很美，所以作"华"。华夏民族，礼仪之邦。服饰制度的出现，使得服饰从最初的御寒保暖逐渐发展成为一种身份地位的象征、一种政治符号，它代表着个人的政治地位和社会地位，并约束着个人的行为举止。因此，服饰制度一度成为君王"治天下"的重要制度之一。古代服饰依据不同的穿戴场合，主要可分为：礼服、朝服、常服。每一类服饰又会依据穿戴者的身份地位再分为不同的种类、有着不同的颜色。身份地位越高，服饰的种类与色彩也就愈加丰富。

郭沫若说："衣裳是文化的表征，衣裳是思想的形象。"纵观中国历代的服饰发展，从先秦时期的古朴庄重到秦汉时期的典雅大气，从魏晋服饰的风流飘逸到唐代服饰的华贵富丽，从宋代服饰的娟秀雅致到明清服饰的婉约华美，既有一脉相承的服制沿袭，又极具各个朝代的创新与特色。

中国的服饰文化博大精深，了解中国传统服饰，就是在了解中华民族的文化与思想。本书以历朝历代文化名人的诗歌作品为灵感源泉，在一百余首诗歌中探寻中国传统服饰文化，以通俗易懂的科普、小故事，再现诗歌中的服饰精彩。

　　全书共分为首服篇、衣裳篇、足服篇、佩饰篇四个篇章，以诗歌配科普的形式，再插上手绘的精美图片，力求在向读者朋友们进行服饰科普的同时，展现诗歌之美、服饰之美。因作者能力有限，书中难免有不尽如人意的纰漏和不足之处，敬请各位读者朋友不吝指正。

目 录

目录

目录

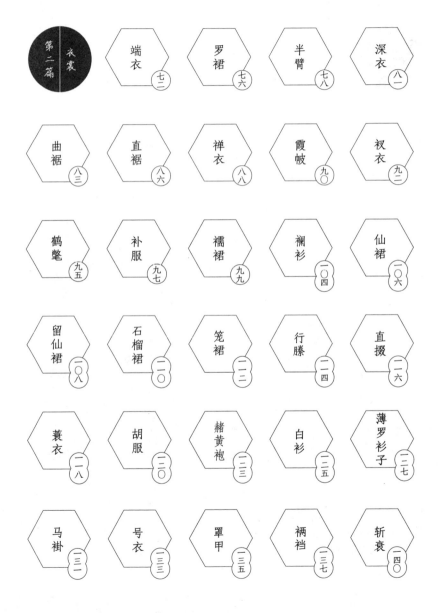

目录

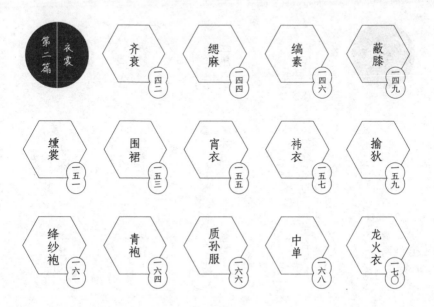

目录

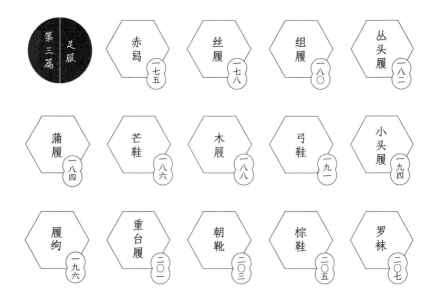

目录

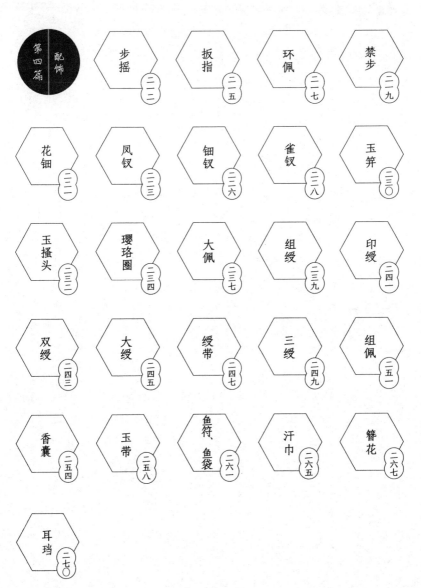

第一篇　首服

· SHOUFU

和贾舍人早朝大明宫之作

〔唐〕王维

绛帻鸡人报晓筹[1]，尚衣方进翠云裘。

九天阊阖开宫殿，万国衣冠拜冕旒[2]。

日色才临仙掌动，香烟欲傍衮龙浮。

朝罢须裁五色诏，佩声归向凤池[3]头。

注释

[1] 筹：更筹，按照漏箭显示的刻度用以计时报更的竹签。

[2] 衣冠：借指上朝的群臣、朝集使及朝聘使节。冕旒：借指皇帝。

[3] 凤池：即凤凰池，在禁苑中。此处借指中书省。

◎冕冠

　　冕冠是汉服礼服中搭配冕服的冠式，是中国古代最重要的冠式，也称"旒冠"，俗称"平天冠"，是帝王、卿大夫在祭祀等大典活动时所戴的最高等级的礼冠。《说文解字》中就明确表示："冕，大夫以上冠也。"这就是说，"冕"在中国古代，是帝王和官员们的礼冠，因而普通的老百姓是戴不了"冕"的。

　　冕冠由冕綖、冕旒、冠圈、玉笄、纮、充耳等部分组成。冕綖即冕冠顶部的盖板，名綖，冕板的上面涂黑色，下面涂红色，分别象征着天和地。冕綖略微向前倾斜，象征天子勤政爱民。冕旒是在綖的前后两端垂下的串珠，名旒，一般是用五彩丝线穿五彩圆珠而成。一串玉珠为一旒，根据戴冠者的身份地位，有三、五、七、九、十二旒的区别，其中以十二旒最为尊贵，是帝王专用，象征着帝王不视非、不视邪。冠圈位于冕綖的下面，也称"冠武"，一般是用铁丝、竹藤、漆纱等编织成筒状。在冠圈的两侧，开有名叫"纽"的小孔。纽中可以插玉笄，用来将冠固定在发髻上。纮是在冠沿两耳朵附近结的一段彩色丝绳。在纮上系有丸状的玉石，称充耳，又称"纩""瑱"，相传是用来提醒帝王不轻信谗言的。

　　此外按照周代的礼仪规定，冠冕需要与冕服、赤舄、佩绶、玉圭等同时穿用，并且形成了一套完整的冕冠制度，将什么身份地位的人在什么场合应该穿戴什么形制的冕冠服都规定得明明白白。这套冕冠制度一直为后代所沿用，直至明灭以后，冕冠被废，代之以清代的朝冠。

◎冕冠	周代的冕冠主要有六种样式：大裘冕、衮冕、鷩冕、毳冕、希冕、玄冕，合称六冕。按照周礼中的冕冠制度，帝王祭祀天时需用大裘冕；帝王祭祀先祖时需用衮冕；帝王和百官祭祀先王，行飨射典礼时，需用鷩冕；帝王和百官祭祀山川时需用毳冕；帝王和百官祭祀社稷时需用希冕；而帝王和百官在参加小型的祭祀活动时则用玄冕。

再和倒韵

〔宋〕苏颂

新植苍筤竹 [1]，欣欣若感知。
日阴纷展盖，风韵巧吹篪 [2]。
幸对人潇洒，兼依地坦夷。
二年官此者，一日可忘之。
抱节疏仍密，交柯挺复欹。
藂生 [3] 相友善，特立甚矜持。
长处苔微破，看来露亦披。
凤姿聊侧翅，蛇变但存皮。
莫作恂兵伐，留为介杖骑。
雪霜饶欲冒，雨露已先滋。

注释

[1] 筤竹：幼竹。
[2] 篪（chí）：竹管乐器名。
[3] 藂（cóng）生：即"丛生"，泛指聚集在一起的人或物。藂，古同"丛"，丛生，聚集。

初见犹齐架，俄惊渐出篱。

中虚缘物性，外劲是天姿。

比亩虽云少，成林亦未迟。

庙丘当见采，栝羽[4]岂劳施。

鹊尾冠须制，鹓鶵[5]食可期。

拂云思柏悦，盈畹笑兰衰。

任土前书贵，名园此地宜。

纵难听嶰管[6]，肯学唱巴枝。

既许亲斋几，宁辞局甃[7]墀[8]。

更烦勤爱护，有用在他时。

[4] 栝羽：箭末羽毛。比喻修学益智，增进才力。语本《孔子家语·子路初见》："子路曰：'南山有竹，不柔自直。斩而用之，达于犀革。以此言之，何学之有？'孔子曰：'栝而羽之，镞而砺之，其入之不亦深乎？'"

[5] 鹓鶵：传说中与凤凰同类的鸟。比喻有才望的年轻人。

[6] 嶰管：指嶰谷之竹所制的管乐器。亦用作一般箫笛等管乐器的美称。嶰，山涧，沟壑。有水称"涧"，无水称"嶰"。《后汉书·马融传》："穷浚谷，底幽嶰。"

[7] 甃（zhòu）：砖砌的井壁。

[8] 墀：台阶上的地面。泛指台阶。

◎鹊尾冠

鹊尾冠，听到这个名字是不是觉得它与鹊尾有什么关系呢？难道是用鹊尾制作而成的吗？事实上，鹊尾冠不是用鹊尾制作而成的，而是因为此冠的顶部扁而细长，形似鹊尾，所以才得名"鹊尾冠"。鹊尾冠又称"长冠""斋冠""刘氏冠""竹皮冠""竹叶冠"，通常以竹皮为骨架，外层涂漆，是汉代时贵族祭祀宗庙时所戴之冠。相传鹊尾冠是由汉高祖刘邦早时所创，《史记·高祖本纪》载："高祖为亭长，乃以竹皮为冠，令求盗之薛治之，时时冠之，及贵常冠，所谓'刘氏冠'，乃是也。"

因为前期刘邦任泗水亭长的时候，经常戴鹊尾冠，周围的人觉得好看，也纷纷效仿戴此冠。那时候刘邦也还是个小官，大家身份地位差不多，戴鹊尾冠也就没什么讲究。但是后来，刘邦显贵了，依然常常戴着鹊尾冠。天子与平民同冠，这怎么能行，岂不是乱了尊卑？因此，为了区别尊卑有序，以示对高祖的尊重，便下令规定："爵非公乘以上，毋得冠刘氏冠。"将鹊尾冠明文规定为公乘以上官员祭祀所戴之冠。从此，一般的小官员和平民也就没有资格再戴鹊尾冠了。

鹊尾冠一直被后代沿用，只是在形制上有所改变。晋代时，鹊尾冠舍去竹皮骨架，改用漆纚制冠，每当皇帝祭祀时都会佩戴此冠。到了隋代时，鹊尾冠的这种形制已被废除。

咏静乐县主^[1]

〔唐〕张元一

马带桃花锦，裙衔绿草罗。
定知帷帽底，仪容似大哥。

注释

[1] 静乐县主：懿宗妹。懿宗短丑，武氏最长，时号大哥。县主与则天并
马行，命元一咏云云，则天大笑，县主又极惭也。

◎帏帽

帏帽也作"帷帽"，最开始的样式叫"幂篱"，原本是少数民族的装束，早期流行于西域地区。幂篱是一种遮盖头部之巾，用轻薄、透明的纱罗制成，戴时从头披下，几乎可以遮住全身。由于西北地区风沙较多，少数民族又善骑马，因此骑马时戴这种幂篱，路上可以阻挡风尘，同时还能防止被路人窥视，十分实用，而且男女皆可使用。

唐武德、贞观年间，幂篱在妇女中间开始流行，由于在儒家经典中要求"女子出门，必拥蔽其面"，幂篱便成为妇女外出远行的首服。

唐永徽年间，由幂篱演变而成的帷帽逐渐取代幂篱而在妇女间开始流行。帷帽一般是用皂纱制成，四周有一宽檐，在帽檐的周围缀有一层下垂的丝网或薄绢。与幂篱相比，帷帽四周的垂网较短，一般长度到颈部的位置，刚刚可以遮挡面部，亦称"浅露"。

这期间，帷帽还因为其短而透的特点，被认为"过于轻率，深失礼容"而禁用，但武则天之后开始盛行。《旧唐书·舆服志》载："永徽之后，皆用帷帽，拖裙到颈，渐为浅露。寻下敕禁断，初虽暂息，旋又仍旧……则天之后，帷帽大行……"

帷帽虽然流行于唐代，但其实在隋代的时候就已经出现了。由于帷帽的实用性，同时还可以显示女性高贵优雅的气质，妇女一直是帷帽的主要受众人群。

开元之后，由于胡风盛行，妇女之间开始流行穿胡服戴胡帽，帷帽便不再流行了。

赠刘采春

〔唐〕元稹

新妆巧样画双蛾，慢裹恒州透额罗^[1]。
正面^[2]偷轮光滑笏^[3]，缓行轻踏皱文靴。
言词雅措风流足，举止低徊秀媚多。
更有恼人肠断处，选词能唱《望夫歌》^[4]。

注释

[1] 透额罗：指用于女性裹发的轻罗。
[2] 正面：修饰面部。
[3] 笏：古代官员朝见皇帝时手中所拿的狭长板子，用玉、象牙或竹片制成，上面可以记事。
[4] 望夫歌：是刘采春演唱的拿手歌曲《罗唝曲》，内容为女子思念远方的丈夫。

◎透额罗

　　透额罗是一种专用于裹发的网状透明的织物，从前额开始向上覆盖头发，用以固定头发，同时还具有御寒功能。透额罗一般都用疏薄多孔的纱罗织物制作而成，前额部分成倒三角形，紧贴双眉遮盖全额，但又透出额头的肌肤，因此得名"透额罗"。

　　透额罗是由帷帽演化而来的一种新款式，在帷帽衰落之后取代了其地位，于开元、天宝年以后在宫廷和民间普遍流行。唐代最有名的透额罗当属常州所生产的，曾经名噪一时，大诗人元稹就有诗句吟道："新妆巧样画双蛾，慢裹恒州透额罗。"

　　透额罗在唐代盛行，唐以后便不再流行，但后世的"遮眉勒""抹额"等都是在借鉴透额罗的基础上发展而来的。

感旧纱帽

〔唐〕白居易

帽即故李侍郎[1] 所赠

昔君乌纱帽，赠我白头翁。
帽今在顶上，君已归泉中[2]。
物故犹堪用，人亡不可逢。
岐山[3]今夜月，坟树正秋风！

注释

[1] 李侍郎：指李建，为白居易的友人，元和初官兵部郎中。
[2] 归泉中："死"的委婉说法。
[3] 岐山：此处指李侍郎葬所。山，一作"上"。

◎乌纱帽

乌纱帽是一种以乌纱为原料、具有一定式样的帽子。乌纱帽起源于东晋，当时凡在都城建康（今南京）宫中做事的人，都戴一种用黑纱做的帽子以裹住头发，人称"幞头"。由于这种帽子的材料便宜，制作工艺简单、样式简洁大方，在民间十分受欢迎。作为一种常见的便帽，乌纱帽一开始并没有贵贱的区分，官员和平民都可以戴。

隋朝时，乌纱帽成了正式官服的一个组成部分，人们通过乌纱帽上的玉饰来划分等级，玉饰的多少代表着官职的大小。一品有九块，二品有八块，三品有七块，四品有六块，五品有五块，六品以下就不准装饰玉块了。

到了唐代，戴乌纱帽更加盛行。马缟《中华古今注·乌纱帽》载："武德九年十一月，太宗诏曰：'自今已后，天子服乌纱帽，百官士庶皆同服之。'"不是局限于官职人员，而是上至天子，下至文武百官、平民百姓都可以戴乌纱帽。《唐书·舆服制》载："乌纱帽者，视朝及宴见宾客之服也。"就是说官员们上朝拜见天子和宴请宾客时，都会戴乌纱帽。同时，白居易在《同诸客嘲雪中马上妓》中写道："银篦稳篐乌罗帽，花襜宜乘叱拨驹。"描写的就是一位头戴乌纱帽的歌妓。此外，唐代时候的乌纱帽还可以作为人们馈赠亲友的礼品。白居易在《感旧纱帽》中就写过："昔君乌纱帽，赠我白头翁。"

北宋初年，为了防止朝臣在议事时交头接耳，宋太祖赵匡胤便下诏改变了乌纱帽的式样，在它的两边

◎乌纱帽

加上了"双翅"。这样一来，皇帝每次上朝时，只要下面的官员脑袋一动，乌纱帽上的软翅就会颤动，到底是谁和谁在交头接耳，皇帝在上面都看得清清楚楚。同时还在乌纱帽上装饰了不同的花纹，以区别官员官职的大小，但此时的乌纱帽依然不是官宦的代名词。

直至明代洪武年间，乌纱帽才正式定为"官帽"，成了只有官员才能戴的帽子。《明史·舆服志》载："洪武三年定，凡上朝视事，以乌纱帽，团领衫，束带为公服。"自此，乌纱帽成了明代官服的标配之一。作为"官帽"，在式样上，明代时的乌纱帽双翅较宋代时期的长度缩短，同时为了区别官员的品级高低，宽窄也设计得不同，越窄则代表官员的品级越高，反之亦然。此外，取得了功名但还没有授官职的状元、进士等，也可以戴乌纱帽。乌纱帽完全成了封建官僚们特有的一种标志性服饰。

而到了清代，乌纱帽被红缨帽取代，但人们依然习惯用"乌纱帽"来称谓官员的官位，并用"丢掉乌纱帽"来意指官员丢掉官位。

玉清行

〔唐〕柳泌

遥遥寒冬时，萧萧蹑太无 [1]。

仰望蕊宫殿，横天临不虚。

下看白日流，上造真皇居。

西牖 [2] 日门开，南衢 [3] 星宿疏。

王母来瑶池，庆云拥琼舆。

嵬峨丹凤冠，摇曳紫霞裾。

照彻圣姿严，飘飖神步徐。

仙郎执玉节，侍女捧金书。

灵香散彩烟，北阙路轩阗 [4]。

龙马行无迹，歌钟声沸天。

驭风升宝坐，郁景晏华筵。

妙奏三春曲，高罗万古仙。

七珍飞满坐，九液酌如泉。

灵佩垂轩下，旗幡列帐前。

狮麟威赫赫，鸾凤影翩翩。

顾盼乃须臾，已是数千年。

注释

[1] 太无：指空旷虚无之境，即道。

[2] 西牖：西面的窗户。

[3] 南衢：南面的道路。

[4] 轩阗（píng tián）：形容车马很多。轩，四面有帷幔的车子，多供妇人乘用。阗，填塞，充满。

◎凤冠	凤冠是古代妇女的一种礼冠，而且是女冠中最贵重者，因为冠上装饰有凤凰而得名。在古代，凤冠一般只有王后、嫔妃等身份地位较高的人才有资格戴，普通女子的头部装饰则以发髻为主。

　　以凤凰饰首的风气，早在汉代就已经形成。到了宋代，凤冠正式纳入冠服制度，成为贵族女子的礼冠，后妃在受册封或朝贺等隆重典礼时都要按规定戴上凤冠。并且规定，未经允许，除皇后、妃嫔、命妇之外的人，不得私戴凤冠。但是，在凤冠的形制上，妃嫔、命妇们所戴的凤冠与皇后的相比会有所差异，以示身份地位的区别。

　　元代时，有一种叫顾姑冠的礼冠取代了凤冠，而明代则沿袭了凤冠制度。清代时，传统的凤冠形制被废，但仍然保留了以凤凰饰首的习俗。清代的后妃在重大仪式中，都戴一种折檐软帽，是另一种形制的凤冠，称"朝冠"。

　　随着经济的发展，凤冠在明代时逐渐流入民间，一些富庶的官绅们也会为自己的老母或妻子打造凤冠，虽然朝廷不允许皇后、妃嫔之外的人戴凤冠，命妇的礼冠也只能用花钗、珠翠等，但戴凤冠的风气日渐盛行，朝廷也实在难以约束，进而也就睁一只眼闭一只眼。因此，凤冠渐渐成了富家女子在盛大仪式中所戴的礼冠、婚礼配套的服饰。尤其在明末时期，由于社会动荡，制度混乱，朝廷根本无暇约束，因而普通百姓家的女子在结婚时也可以随意戴用凤冠。明清时期，新娘戴凤冠穿霞帔成为普遍形式。

赠李徵君[1] 大寿

〔唐〕王绩

孔淳辞散骑，陆昶谢中郎。
幅巾朝帝罢，杖策去官忙。
附车还赵郡，乘船向武昌。
九徵书未已，十辟誉弥彰。
副君迎绮季[2]，天子送严光。
灞陵幽径近，磻溪[3]隐路长。
编蓬还作室，绩草更为裳。
会稽置樵处，兰陵卖药行。
看书惟道德[4]，开教止农桑。
别有幽怀侣，由来高让王。
前年辞厚币，今岁返寒乡。
有书横石架，无毡坐土床。
兰英犹足酿，竹实[5]本无粮。
涧松寒转直，山菊秋自香。
管宁存祭礼，王霸重朝章。
去去相随去，披裘骄盛唐。

注释

[1] 徵君：对曾被朝廷征召，但不肯受职的隐士的美称。
[2] 副君：太子。绮季：即绮里季，秦末汉初的隐士。此处以绮里季来喻指李大寿。
[3] 磻溪：水名。在今陕西宝鸡市东南，相传是姜太公钓鱼的地方。
[4] 道德：即《道德经》，道家代表作。
[5] 竹实：竹子结的种子，又叫竹米。此处指以竹实充饥。

◎幅巾

幅巾，是古代男子用来包裹鬓发、遮掩发髻的一种巾帕，因裁剪时面料长宽与步幅相等而得名。又称"巾帻"，或称"帕头"。幅巾之名早见于《后汉书·郑玄传》："玄不受朝服，而以幅巾见。"据汉代扬雄《方言》：幅巾之名自关西秦晋之郊曰"络头"，西楚江湘之间曰"陌头"，自河北赵魏之间曰"缲头"。

幅巾一般是裁取一幅长度和门幅各三尺的丝帛做成。幅巾作为一种普遍流行的日常首服，并没有严格的等级制度或佩戴规定，但是根据身份地位的不同，幅巾制作所用的布料也会有所不同。寻常百姓常常以葛布制成幅巾戴头，称为"葛巾"，而王公贵族所戴的幅巾多以细绢制成，称为"缣巾"。因而在古代，根据一个人所佩戴的幅巾的布料，基本就可以判断出这个人是什么样的身份和地位了。同时，幅巾是一种表示儒雅的装束，因而很受儒生们欢迎。其制作简单且佩戴方便，戴用时，从额往后包发，并将巾系紧，余幅使其自然垂后，垂长一般至肩，也有垂长至背的。古代农历每月的朔旦，都会行释菜礼，这个时候儒生们都会穿戴幅巾深衣，来祭祀孔子。宋代以后，幅巾作为士大夫的冠婚、祭祀、宴居、交际首服，与深衣同时穿戴。

原先的幅巾作四方形，使用时由前幪后，包住发髻，再于脑后缚结。北周武帝对其做了改进，于方帕上裁出四脚，并将其接长，形状如阔带，裹发的时候巾帕覆盖于顶，后面两脚朝前包抄，自上而下，系结于额，前面两脚绕至颅后，缚结下垂。在幅巾的基础上演变出了幞头。

颂古二首·其二

〔宋〕释昙莹

百结^[1]襴衫破幞头，年年落第出神州^[2]。
却因一只穿杨箭，临老来封马上侯。

注释

[1] 百结：形容衣服有很多补缀。
[2] 神州：指京都。

◎幞头

幞头，又名"折上巾"，是一种包裹头部的纱罗软巾。幞头是在幅巾的基础上演变而来的，东汉起逐渐成为各个阶层人们的通用服饰品。北周武帝将幅巾的戴法加以规范化，以皂纱为之，作为常服。宋代时更是成为人们的主要首服。

幞头的形制是多种多样的，各朝各代都较前代对其有所改进，如"平式幞头""结式幞头""软脚幞头""硬脚幞头"等。俞琰《席上腐谈》载：周武帝所制幞头，"不过如今之结巾，就垂两角，初无带"。而宋人沈括在《梦溪笔谈》中描述："幞头一谓之'四脚'，乃四带也，二带系脑后垂之，二带反系头上，令曲折附顶，故亦谓之'折上巾'。"幞头因其脱戴方便又富有变化，上至帝王，下至百官士庶，都十分喜欢，以其为常服。

幞头作为汉民族服饰的一种，沿袭时间长达一千余年，其间各朝各代均有改制，并形成了各具特色的风格和款式。

素描——幞头

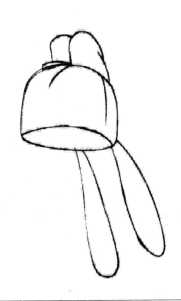

百结衫破幞头，年年落第出神州。
却因一只穿杨箭，临老来封马上侯。

——〔宋〕释昙莹

念奴娇·赤壁怀古

〔宋〕苏轼

　　大江东去，浪淘尽，千古风流人物。故垒[1]西边，人道是，三国周郎赤壁。乱石穿空，惊涛拍岸，卷起千堆雪[2]。江山如画，一时多少豪杰！

　　遥想公瑾当年，小乔初嫁了，雄姿英发。羽扇纶巾，谈笑间，樯橹[3]灰飞烟灭。故国神游，多情应笑我，早生华发。人生如梦，一樽还酹[4]江月。

注释

[1] 故垒：过去遗留下来的营垒。
[2] 雪：浪花。
[3] 樯橹：此处指曹操的水军战船。
[4] 酹：以酒洒地，表示祭奠。

◎纶巾

纶巾是一种用青丝织成的头巾；一说配有青色丝带的头巾。纶巾是幅巾的一种，一般为士人所戴，东汉之后较为流行。相传三国蜀诸葛亮在军中的装束为头戴纶巾，身着八卦衣，手摇羽扇，因而纶巾又被称为"诸葛巾"。

关于诸葛巾的由来，还有一个小故事。相传，诸葛亮年轻的时候，在隆中一边读书，一边种地为生。后来，诸葛亮娶了黄承彦的女儿黄阿丑为妻。阿丑是个极有才学的女子，经常和诸葛亮切磋学问，两个人的小日子过得也算舒心。

但是，时间长了，诸葛亮渐渐有了心事，常常烦躁不已。有一次，诸葛亮正在读书，读着读着竟在不觉间睡着了。蒙眬间，突然有个人闯了进来，指着他的鼻子大声斥责："诸葛亮啊诸葛亮，当今天下大乱，民不聊生，国家正是需要用人的时候，你如何能这般悠闲地坐在家中啊？"说着，对准诸葛亮的脑袋瓜子就是一掌。诸葛亮哎呀一声惊醒，原来刚才只是做梦啊，只觉得恍恍惚惚，头疼得紧。

妻子走过来，关切地问："你平日里身体都挺好的，什么病痛来得这样快？莫不是有什么心事，说出来听听，也好让我替你分忧啊。"

于是诸葛亮便把刚刚梦里的事说出来了。阿丑看了一眼丈夫，从怀中掏出一块巾帕，叠成了一条，包在了诸葛亮的头上，诸葛亮顿时觉得轻松多了。他感到十分生气，就问阿丑。阿丑笑着说："这医书上说，人啊，一心烦就会导致火旺，火旺则脑涨，夫君的病就是心烦忧虑引起的。你呀别小瞧人，不但你的头疼我能治得了，你的心病我也能治得。"说着，指了指那块头巾。诸葛亮取下头巾，打开一看，原来上面是阿丑亲手绣的一幅《三分相图》。诸葛亮恍然大悟，顿时觉得病痛全无，赶紧向妻子道谢。

那巾帕上的《三分相图》，绣的正是当今天下的局势，原来阿丑早已猜到了诸葛亮是在为天下的动乱不安而心忧。这条巾帕也给诸葛亮下定决心出山以很大的鼓舞。后来刘备三顾茅庐，诸葛亮也看出了这就是自己要辅佐的英明君主，故毅然决定出山，协助刘备。

诸葛亮当上了蜀汉的丞相后，犹记当初妻子的点拨，因而时时戴着头巾，人们便将那头巾称作"诸葛巾"。后来，戴头巾的习俗便流传开来。明王圻《三才图会·衣服·诸葛巾》载："诸葛巾，此名纶巾，诸葛武侯尝服纶巾，执羽扇，指挥军事，正此巾也。因其人而名之。"他的这种装束也被后世儒将、名士所效仿。

素描——纶巾

大江东去，浪淘尽，千古风流人物。

——〔宋〕苏轼

小重山·流水桃花小洞天

〔宋〕蔡伸

宣和甲辰，余自彭城倅沿檄燕山，取道莫间。见所谓陈懿者于州治之筹边阁，诚不负所闻。明年归，则陈已入道矣。崔守呼之至，即席赠此。

流水桃花小洞天。壶中春不老 [1]，胜尘寰。霞衣鹤氅并桃冠。新装好，风韵愈飘然。

功行满三千 [2]。婴儿并姹女 [3]，炼成丹。刘郎 [4] 曾约共升仙。十个月，养个小金坛。

注释

[1] 壶中春不老：神话传说中壶中别有天地，道家谓之仙境。
[2] 功行满三千：道家所谓的功德圆满。
[3] 婴儿并姹女：道家所谓"婴儿"即"铅"，所谓"姹女"即"水银"。
[4] 刘郎：指汉武帝刘彻。

◎仙桃巾

　　仙桃巾是古代男子所戴的一种头巾，一般以纱罗制成。宋代男子头上多戴巾，巾的种类也十分繁多，命名的方式也多种多样。而仙桃巾就是以其形制命名的。因其从背后望起来，形状如桃子，故名。

　　仙桃巾在宋代尤为盛行，又称桃冠，多用于道人、隐士。当时较为常见的巾式还有双桃巾、并桃巾等。其中双桃巾又称并桃冠，因其形状像双桃得名。

　　相传宋徽宗常戴栗玉并桃冠，用白玉为簪，穿赭红羽衣（即鹤氅）。宋代陆游在《老学庵笔记》卷一中记载："徽宗南幸还京，服栗玉并桃冠、白玉簪、赭红羽衣，乘七宝辇。"

网巾诗

〔元〕谢宗可

乌纱未解涤尘衫 [1]，一网清风两鬓寒。

筛影细分云缕滑，棋纹斜界雪丝 [2] 干。

不须渔父灯前结，且向诗翁镜里看。

头上受渠笼络尽，有时怒发亦冲冠。

注释

[1] 衫：夏天穿的白色内衣。

[2] 雪丝：此处喻指白发。

◎网巾

网巾是明代成年男子用来束发之物。一般多用黑丝、马尾、棕丝等材料编织而成，万历年间转变为人发、马鬃编结。网巾原本属于道服，形似渔网，网口多用布帛做边子，边子旁缀有金属小圈，并用细绳贯穿其中，收束绳带就可以束发。在网巾上，有一个圆孔束带，方便人们将发髻穿过圆孔。此设计有一说法，名为"一统山河"，象征天下统一。

网巾在明初建立的冠服制度中是最具有朝代象征意义的巾服之一，也是最没有社会等级区分功能的服饰，在当时"人无贵贱皆裹之"。网巾的主要功能还是束发，因此戴网巾时会在其外另戴上帽子，不宜外露，以免失礼。但是，一般在室内时，人们是可以将网巾露在外面的。当时的朝鲜、越南、琉球等国家都曾受到明代网巾的影响，当时的朝鲜人往往以网巾系绳之圈分辨身份。

网巾最晚在唐代时已具雏形，宋代时有"二胜环（谐音'二圣还'）"的记载，而到元代时，即见有谢宗可咏网巾的诗作，但网巾的使用范围依然很小。到了明代，经过朱元璋的推广，网巾盛行天下。据《七修类稿》记载，有一天，明太祖朱元璋微服出行，来到一处叫神乐观的地方，看见一道士在灯下结网巾，便问道："这是何物？"道士回答道："此曰网巾，用以裹头，万发俱齐。"朱元璋觉得甚是方便，于是便下令照样制作，通行全国。明代灭亡后，因清廷强令剃发蓄辫，网巾自然也就被废了。

嘲许子儒

〔唐〕窦昉

不能专习礼，虚心强觅阶；
一年辞爵弁，半岁履麻鞋；
瓦恶频蒙攉 [1]，墙虚屡被杈 [2]；
映树便侧睡，过匮即放乖；
岁暮良功毕，言是越朋侪；
今曰纶言降，方知愚计㖞 [3]。

注释

[1] 攉（guó）：击打。
[2] 杈：用叉刺取。
[3] 㖞（wāi）：歪，偏斜，不正。

◎爵弁

　　爵弁的形制与冕冠相似，又名"广冕"，但綖不倾斜，前后没有旒，綖下作合掌状，戴时用笄贯于髻中。爵弁一般多用木板做顶，外面表以细布，颜色为赤而微黑的雀头色，又称"雀弁"。

　　爵弁是比冠冕次一级的礼冠，在周代时就已经出现了。除了平时的戴用外，一般用于重大祭祀和举行冠礼的时候。作为礼冠，爵弁的戴用也有着非常严格的制度，必须整套穿戴爵弁服。同时，不同身份等级的人穿戴爵弁服的场景也不同。清代经学家任大椿曾在其《弁服释例》中有过概述："爵弁为天子、卿大夫及诸侯之孤，祭于己之服，又为士助祭斋服，又为释祭视涤濯之服，又为天子、诸侯先祖为士者之尸服，又为衅庙、迁庙、祝宗人、宰夫、雍人及从者入庙之服，又为士冠三加之服，又为士亲迎之服，又为诸侯始命之服，又为士之命服，又为诸侯之复服，又为士之复服，又为公之袭服，又为大夫之袭服，又为士之袭服，又为公之襚服，又为天子承天变及哭诸侯之服。"

　　汉代时期，爵弁是乐人、士人以及低级官吏助君祭祀和亲迎时所佩戴的一种冠帽，"祠天地五郊明堂，云翘舞乐人服之"，同时规定戴爵弁者，必须穿着丝衣。

　　汉代以后，爵弁的形制略有改变，一般是后大前小，并用雀头色的缯帛缀其上。虽然爵弁的形制历代都有所改变，但一直被沿用到宋。

试院次韵呈兵部叶员外端礼并呈祠部陈员外元舆太学博士黄冕仲

〔宋〕晁补之

盛世天休沓，真人宝历开。

太任当政阃，元老位公槐 [1]。

莫盛官人始，相从试士来。

鸣珂咸俊彦，索米独尘埃。

未叹官曹隔，多惭赏监陪。

成川须畎 [2] 浍，崇厦要条枚。

文武中铨集，丹铅百卷堆。

豚鱼聊可辨，皮弁不应恢。

虎出争亡矢，蛇成屡夺杯。

调钟求雅滥，烈火试民瑰。

绿暗惊庭叶，朱明换律灰。

得枭夸艾捷，闻鹤悼坚摧。

茧绪谈飞麈 [3]，渑波酒挹罍 [4]。

赓酬 [5] 皆绝韵，搜索病非才。

半是仙槎客 [6]，曾随禹浪雷。

遭时鱼奋角，失路剑生苔。

胆气冲星在，词源卷汉回。

声名改闾里，轩冕映舆台。

谖草 [7] 怀堂北，灯花粲妇腮。

凉风吹枕梦，薄雨滞城隈。

号奏天官近，胪传御史催。

康衢骥鸣跃，归檐仆讙咍^[8]。

华省深扃钥，衡门翳草莱。

尚怀休假远，别语重裴徊。

注释

[1] 公槐：指三公之位。

[2] 甽（quǎn）：田间小水沟。

[3] 谈飞麈（zhǔ）：魏晋人清谈时喜欢执麈尾拂尘。麈，指麈尾做的拂尘。

[4] 挹：舀。罍：盛酒、水的器皿。

[5] 赓（gēng）酬：以诗歌相赠答。

[6] 槎（chá）客：指传说中乘槎泛天河之人。晋张华《博物志》卷十载：传说天河与海通，有人居海渚者，年年八月见有浮槎去来，不失期，遂立飞阁于槎上，乘槎浮海而去。

[7] 谖草：忘忧草。谖，通"萱"。

[8] 讙咍（huān hāi）：欢笑。讙，通"欢"。

◎皮弁

皮弁是古代贵族的首服之一，为天子及诸侯所戴之冠，属于礼冠，是次于冕冠的另一种比较尊贵的冠。皮弁一般是用白鹿皮缝制而成，《仪礼·士冠礼》郑玄注："皮弁者以白皮为冠。"其制作方法是将鹿皮分成几块，尖窄的一头朝上，宽的一头朝下，缝合处缀有许多五彩的玉石，称为"綦"。整个皮弁的形状就像一个翻倒的杯子，与后世的瓜皮帽相类似。

皮弁是最早的朝服，在周代时，便是君臣百官议政之服。《周礼·春官·司服》载："视朝，则皮弁服。"春秋时期，皮弁又为武冠，一般为大将佩戴，如《左传》中的楚国将领子玉就曾戴此冠。

据记载，汉代时的皮弁一般高四寸，长七寸，形状如覆杯。除了平常的戴用外，皮弁也可以作为天子的朝服，常常用于帝王郊天、巡牲、视朝、射礼等大的典礼。

皮弁作为礼冠的一种，不仅天子可以戴用，而且士以上的男子觐见君王时也可以用。不同的是，它的戴用有严格的等级规定。一般是按照皮弁上的玉饰颜色和数量区分佩戴者的品级的，天子用五彩玉；侯、伯、子、男用三彩玉；卿大夫用二彩玉；士一级则不用玉饰。同时，在玉饰的数量上也各有不同，以显尊卑。

从春秋战国前一直到明代时期，皮弁的制式基本没有大的改变，明代后废除。

南邻 [1]

〔唐〕杜甫

锦里先生乌角巾，园收芋粟不全贫。
惯看宾客儿童喜，得食阶除 [2] 鸟雀驯。
秋水才深四五尺，野航 [3] 恰受两三人。
白沙翠竹江村暮，相对柴门月色新。

注释

[1] 南邻：杜甫住在成都草堂时的邻居，即"锦里先生"。
[2] 阶除：台阶和庭院。
[3] 野航：野渡的小船。

◎东坡巾

东坡巾，又名"乌角巾"，以乌纱为材料，形状为四面体，如四面墙体，有里外两层，外层较里层稍微低矮一些，前后左右各折一角，前面开口，下成尖角，正对眉心。相传此巾为宋代苏东坡所戴，故名东坡巾。东坡巾在宋代文人雅士或隐逸的野老中十分受欢迎，官吏、差役也使用。《苏东坡全集》中就有"父老争看乌角巾"之句，足见此巾的流行。东坡巾兴起于宋代，在元明时期依然流行，至清代废止。

实际上，东坡巾乃是狱巾。当时，苏东坡因"乌台诗案"被贬入狱，由于在狱中无帽可戴，苏东坡便自己设计了一款冠饰来戴，即东坡巾。

清代名家褚人获在《坚瓠集》中就记录了这样一个小故事：明代诗人胡可泉在苏州任郡守的时候，一次与友人登虎丘山，看见了三个戴角巾的人，往来自如。胡可泉便召他们上前询问，原来三人是新进的秀才。可泉便问道："你们可知道尔等所戴者为何冠？"回答说："东坡巾。"可泉又问道："你们既然知道这是东坡巾，那么你们知道苏东坡因何戴用此巾吗？"三个人你看看我，我看看你，都不能作答。朋友赶紧在一旁解释，让这三人先散去了。但是朋友自己也不明白，就问胡可泉，请他解答。胡可泉说道："这东坡巾啊，乃是昔日苏东坡因为连坐论罪，身在狱中所戴之首服。当时他身处狱中，常服不可戴，公服不可戴，只好自己制作了此巾来戴，后人于是就将其命名为东坡巾。"作者也在《坚瓠集》中感叹：今人只羡慕"东坡巾"的美名，却不知道它的含义，实在是可笑啊。

遥赠阎古古先辈

〔清〕李载

涪水[1] 澜空剑影残，睢阳[2] 日落马烽寒。
鞠躬讵肯[3] 输诸葛，断指终期报贺兰。
笑我从军红抹额，怜君送客白衣冠[4]。
生平慷慨无人识，醉后高歌行路难。

注释

[1] 涪水：水名，涪江。
[2] 睢阳：地名，商丘。
[3] 讵肯：岂肯。讵，副词，岂，难道。
[4] 白衣冠：吊丧用的冠服。

◎抹额

　　抹额，是指束在额上的巾，又称"额子""额带""抹子""抹头"。抹额是由古代武士的束额巾发展而来的，一般以布帛或兽皮制作而成，形状为条状，戴时绕额一周。

　　抹额最早可以追溯到商周时期，在历代均有戴用的文字记载，只不过在形制上各有不同，既有系于脑后的，也有扎在额前的。

　　汉代时，抹额的主要作用还是保暖。《后汉书·舆服志》注，胡广曰："北方寒冷，以貂皮暖额，附施于冠，因遂变成首饰，此即抹额之滥觞。"《新唐书·娄师德传》载："戴红抹额来应召。"

　　到了五代时期，抹额逐渐发展成了武士的首服。五代马缟在《中华古今注》卷上"军容抹额"条载："昔禹王集诸侯于涂山之夕，……不备甲者以红绢抹其首额。禹王问之，对曰：'此抹额，盖武士之首服。'"

　　宋代时，这种额巾也叫"额子"。米芾在《画史》中说道："唐人软裹，盖礼乐阙，则士习贱服，以不违俗为美。……其后方见用紫罗为无顶头巾，谓之额子。"抹额也曾作为武士的额饰，军士们将抹额扎在幞头或帽子之外，以不同的颜色进行标识。宋孟元老《东京梦华录》卷七载："驾诣射殿射弓，垛子前列招箭班二十余人，皆长脚幞头，紫绣抹额。"

　　元代时，抹额亦有应用。俞琰《席上腐谈》载："韩退之《元和圣德诗》云：'以红绡帕首'。盖以红绡缚其头，即今之抹额也。"

◎抹额	到了明清时，抹额已十分盛行，成了男女普遍使用的额饰，当时的人们不论身份地位，均戴抹额，又称"齐眉""眉勒"或"遮眉勒"。《明史·舆服志》载："皇后冠服：永乐三年定制，……皂罗额子一，描金龙文，用珠二十一。"在曹雪芹的《红楼梦》中，亦可窥见抹额的受欢迎程度。贾宝玉平日的妆扮中必然少不了那额上的一抹红，当时的已婚妇女更是将抹额作为自己不可或缺的头饰。 　　此外，明清时的抹额还发展出了各种各样的形制：以黄金制成的，称为"金勒子"；以丝绳或纱罗制成的，称为"渔婆勒子"；以毛皮制成的，称为"貂覆额""卧兔儿"或"暖额"；在勒子上镶嵌珍珠的，称为"攒珠勒子"。而明清女性们所戴的抹额，主要还是以装饰为主要目的，不仅造型多，而且制作精美，绣金缀珠，裹在额前发下，十分艳丽照人。

素描——抹额

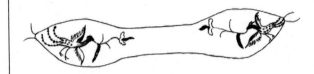

笑我从军红抹额，怜君送客白衣冠。
生平慷慨无人识，醉后高歌行路难。
　　　　　　　——〔清〕李载

用韵答廖梅南二守·其二

〔明〕区越

江流随去住，山寺减逢迎。
浅绿空寻柳，轻黄未点莺。
玄端春有服，忠静系无缨[1]。
久欲从吾好，宁妨俗事萦[2]。

注释

[1] 缨：系冠的带子。
[2] 萦：缠绕，绕。

◎忠静冠	忠静冠即古玄冠，其中的"静"也当作"靖"，又称"忠靖巾"，含"进取尽忠，退思补过"之意，是明代官员退朝闲居时所戴的一种帽子，与忠静服一同穿戴。
	其冠以铁丝为框架，以乌纱、乌绒包裹在表面。冠的后面竖立有两个形状像小山峰一样的翅（当时称"山"），冠顶的形状呈方形，中间微微凸起三梁，前面部分装饰有冠梁，各压以金线，边以金缘之。三品以上，冠用金线缘边，四品以下去金，边以浅色丝线缘之。同时，根据官职的品级不同，冠前的梁数也各不相同。
	除了冠饰上的等级分明，忠静冠的佩戴人群也有着严格的规定。明世宗时，还出台了相关条文，规定了允许穿戴忠静冠服的官员范围："忠静冠服宜令按图制造，在京准许七品以上官及八品以下翰林院、国子监、行人司，在外许方面官及各府堂官、州县正官、儒学教官穿着，武官止都督以上许服，其余不许一概滥服。"由此可见，并不是人人都可以穿戴忠静冠服。

馆中新蝉

〔宋〕钱惟演

冉冉光风泛紫兰，新声含怨日将残。

自怜伴雀成团扇，谁许迎秋集武冠。

委蜕亭皋随木叶，飞緌[1]云表拂仙盘。

青葱玉树连金爵，不觉醯鸡[2]竞羽翰。

注释

[1] 緌（ruí）：蝉腹下的针喙。

[2] 醯（xī）鸡：一种昆虫，蠓。古人认为蠓是酒醋上的白霉变成，因而称"醯鸡"。《列子·天瑞》："醯鸡生乎酒。"

◎武冠

　　武冠,顾名思义即武将所戴之冠。《晋公卿礼秩》曰:"大司马、将军、尉、骠骑、车骑、卫军、诸大将军开府从公者,著武冠,平上帻。"但武冠并不是一种冠,而是一类冠的统称。因此,"武弁大冠""大冠""建冠""笼巾""笼冠""惠文冠""繁冠"等都属于武冠。《晋书·舆服志》载:"武冠,一名武弁,一名大冠,一名繁冠,一名建冠,一名笼冠,即古之惠文冠。或曰赵惠文王所造,因以为名。亦云,惠者,蟪也,其冠文轻细如蝉翼,故名惠文。或云,齐人见千岁涸泽之神,名曰庆忌,冠大冠,乘小车,好疾驰,因象其冠而服焉。"

戏为诗

〔南北朝〕褚缃

帽上著笼冠，袴上著朱衣[1]。
不知是今是，不知非昔非。

注释

[1] 朱衣：官员的服饰，为红色袍裙。

◎笼冠

笼冠，产生于汉代，是汉代武冠的一种延续形式，它的形制为平顶，两边有耳垂下，在冠帻上面加以笼巾，戴用时罩在冠帻之外，下面再用丝带系束。因其通常以黑漆纱制成，故又称"漆纱笼冠"。

魏晋南北朝时，笼冠成为流行的主要冠饰，男女皆用。尤其以武官戴用为主，形制也和武冠相似。此时的人们一般会将笼冠戴在一种流行的小冠之上。这种小冠是自汉代以来流行的巾帻，但经过前代的改良，到魏晋南北朝时，已经变成后部高、中呈平行的"平上帻"，其体积也缩小至顶，而且可上下兼用，南北通行。人们将笼巾罩于小冠之上，即成"笼冠"。

隋代的笼冠外廓上下平齐，左右为略带外展的弧线，接近长方形。多用于左右使臣及将军武官。

到了唐代，笼冠在外廓上呈梯形，且在造型上吸收了进贤的特点，冠上的装饰也向通天冠、梁冠靠拢，后逐渐演变为笼巾。

笼冠在宋明两代改称"笼巾"，以金属作骨架，顶部呈方形。同时，依据官员的品级高下不同，笼巾下装饰有不同的饰物。例如，地位极高者，冠前一般装饰有金制的蝉形饰物，左侧附以貂尾（或雉尾），称为"貂蝉笼巾"。

送太常萧博士[1] 弃官归养赴东都

〔唐〕刘禹锡

时元兄[2] 罢相为少师，仲兄[3] 为郎官，并分司洛邑。

兄弟尽鸳鸾，归心切问安。
贪荣五采服，遂挂两梁冠。
侍膳曾调鼎，循陔更握兰。
从今别君后，长向德星[4] 看。

注释

[1] 萧博士：指萧俶。
[2] 元兄：指萧俛。
[3] 仲兄：指萧杰。
[4] 德星：古代以景星、岁星等为德星，常出于有道之国。常用来喻指贤士。

○梁冠

梁冠，是古代汉族冠饰之一，是一种顶部缀有直梁的礼冠。梁冠最初是由汉代的进贤冠演变而来的，原为古代帝王大臣所用的冠帽，后历代沿用，明代时改称"梁冠"。其实，梁冠亦是一种统称，通天冠、进贤冠、高山冠、远游冠等都属于梁冠。

梁冠的形状呈方形，前低后高，后倾，有围片，前开后合，用缁布做成。明代沈榜在《宛署杂记·经费上》中记载："巾帽局成造梁冠等件，合用麻布等料。"梁冠的"梁"，指的是冠上的竖脊，不仅具有装饰作用，而且还可以用梁的数量多寡来区别官位等级。

古代博士和某些高级文官都好戴梁冠，因而明代的冠服制度中就对不同等级官员的朝服穿戴作出了明确的规定。《明会典》卷六十一载："洪武二十六年定，文武官朝服、梁冠。赤罗衣，白纱中单……一品至九品，俱以冠上梁数分等第。"还具体规定了：公冠八梁，侯冠七梁，伯冠七梁，一品冠七梁，二品冠六梁，三品冠五梁，四品冠四梁，五品冠三梁，六品七品冠二梁，八品九品冠一梁。

到了清代，梁冠便不再被戴用而消失。

小寒食舟中作

〔唐〕杜甫

佳辰强饮食犹寒 [1]，隐几萧条戴鹖冠。
春水船如天上坐，老年花似雾中看。
娟娟 [2] 戏蝶过闲幔，片片轻鸥下急湍。
云白山青万余里，愁看直北 [3] 是长安。

注释

[1] 食犹寒：寒食节需禁食三日，小寒食为寒食节的次日，仍然在停炊期
内，故称"食犹寒"。
[2] 娟娟：美好的样子。
[3] 直北：正北方。

◎鹖冠

　　鹖冠，也称"鹖尾冠"，是用鹖羽作装饰的冠。鹖是一种凶猛好斗的鸟，如果两鸟争斗，必然要战斗到一方死去，另一方才会罢休。鹖冠在古代被作为武冠的一种形式，为武士所戴。鹖冠以漆纱制成，形似簸箕，左右两侧装饰有鹖尾，赵武灵王曾用它表彰作战勇猛的武士，以示其英勇善战。《后汉书·舆服志》记载："五官、左右虎贲、羽林、五中郎将、羽林左右监皆冠鹖冠，沙縠单衣。"

　　此外，鹖冠不仅仅是武士所戴之冠，妇女也戴双尾鹖冠。《周书·高丽传》："其有官品者，又插二鸟羽于其上以显异之。"《北史·高丽传》："人皆头著折风，形如弁。"

　　鹖冠的形制最早可以追溯到战国的时候，后经过历代的沿袭，一直到唐代时仍然有戴鹖冠者，但在唐代以后，这种形制的冠便逐渐消失了。相传战国时期，有一位隐士名叫鹖冠子，常年隐居深山，以鹖羽为冠，因以为号。因此，在古时候，鹖冠还是隐者之冠。

和王璠侍御酬友人赠白角冠

〔唐〕鲍溶

芙蓉寒艳镂冰姿 [1]，天朗灯深拔豸时。
好见吹笙伊洛 [2] 上，紫烟丹凤亦相随。

注释

[1] 冰姿：淡雅的姿态。
[2] 伊洛：亦作"伊雒"。伊水与洛水。两水汇流，多连称。亦指伊洛流域。

◎白角冠

白角冠，宋代流行的一种妇女所戴的头冠，用白角为冠，并加白角梳。北宋初期，宫中的贵妇们都崇尚衣冠之饰，尤其是一种白角冠梳，贵妇们"皆白角团冠，前后惟白玉龙簪而已"，白角冠由此而来。

白角冠的冠身又高又大，至长者有三尺，垂至肩，梳边一尺长，上面加饰金银珠花。南宋周辉《清波杂志》中记载："皇祐初……宫中尚白角冠，人争效之，号内样冠，名曰垂肩、等肩，至有长三尺者，登车舆皆侧首而入。"由此可见，这种白角冠的形制之大，竟然连出入车舆都需要侧着脑袋。

由于佩戴这种冠严重影响了日常生活，皇祐年间还出台了明文禁令，来约束妇人所服冠的高度。宋代王栐《燕翼诒谋录》有载："妇人所服冠，高无得过四寸，广无得逾一尺，梳长无得逾四寸，仍无得以角为之。"但该禁令并未消减宋代女性对白角冠的热情，直至南宋末年，农村仍有白角冠流行，即所谓"田家少妇最风流，白角冠儿皂盖头"。

朝归

〔唐〕韩愈

峨峨进贤冠，耿耿[1]水苍珮。
服章岂不好，不与德相对。
顾影听其声，赪颜[2]汗渐背。
进乏犬鸡效，又不勇自退。
坐食取其肥，无堪等聋瞆。
长风吹天墟，秋日万里晒。
抵暮但昏眠，不成歌慷慨。

注释

[1] 耿耿：明亮的样子。

[2] 赪颜：面容羞愧的样子。赪，红色。

◎进贤冠

进贤冠，是古代汉族的冠饰之一，是古时候朝见皇帝的一种礼帽，明代改称"梁冠"。进贤冠原本是为儒者所戴，到唐代时，才演变为百官皆可戴用。《后汉书·舆服志下》："进贤冠，古缁布冠也，文儒者之服也。"

进贤冠通常为铁丝、黑色细纱制成，形状为前高后低，冠上缀梁，梁的多少代表着戴冠者地位的高低，常见的有一梁、二梁、三梁数种，其中以公侯所戴的三梁为贵。进贤冠在两汉时期较为常见，西汉时通常为单独戴用，到东汉时，则需加于介帻之上戴用。汉代以后，进贤冠依然被历代承袭，只是在形制上变化较大，直到清代才被废除。

关于进贤冠，明代陆灼在《艾子后语》中记载了这样一个小故事：有一天，艾子做梦游览玉帝的官殿。好巧不巧，他正好赶上天官在为玉帝的诞辰举办庆典。此刻，天上的各路神仙都入殿恭贺，唯独有一个人在南天门下，一副进退两难的样子。辅佐的侍卫说："玉帝有旨意，戴进贤冠者方可进入拜见。"那个人就戴上进贤冠，进入殿内，站在了文武百官的行列中。各路神仙依次朝贺完毕后，那个人就快步上前拜见。玉帝便问那个人："你是什么官职啊？"那个人回答说："是魁星。"玉帝又问："你左手所托的元宝怎么不见了？"魁星指了指头上的"进贤冠"，回答说："买了这个，丢了那个。"玉帝又问："你右手所握的大笔又到哪里去了呢？"魁星还是指了指头上的"进贤冠"，同样只回答说："买了这个，丢了那个。"众

◎进贤冠	仙人一一朝拜后，玉帝便退朝了。此时，艾子也醒来了，回忆起这个梦，忍不住对弟子们吐槽道："都说进贤冠是桂冠，可是你们看看，即便是像魁星这样专门从事文章笔墨的人，只要戴上了这进贤冠，不还是将自己本该从事的笔墨文章废弃了。"

送马少卿自广东漕易江西宪

〔宋〕曾丰

湖南岭南迎复送，车上马上觉复梦。
夜来梦入大江西，山见嵝峒水章贡。
身为使者似光华，眼厌视之徒侄偬。
人贪公厌非娇情，外物皆轻吾道重。
小行吾道幸吾民，楚越已休虞芮讼。
粤人欢喜未饱间，又觉喜气吴人共。
万牛争挽梗楠 [1] 入，初疑选作明堂栋。
郎星气焰万丈长，丞相大嗔凝不动。
秀才峥嵘风必摧，大材盘礴古难用。
衮舄寻公公却之，傍人乃献绣衣颂。
宾屦今满河阳门，意其所拔石若温。
浴沂岂料先与点，送客有时独留髡 [2]。
推心置我等子弟，誓报从今到儿孙。
离情欲噎难忘言，补天自有妙手存。
区区易节未足论，虎头不戴貂蝉冠。
邦人勿痴空攀辕，门入勿痴空恋轩。

注释

[1] 梗楠：指黄梗木与楠木。皆大木。比喻栋梁之材。
[2] 髡：减去树枝。指树秃的样子。

◎貂蝉冠

貂蝉冠是一种古代冠名，又称"貂蝉笼巾"或"笼巾貂蝉"，省称"笼巾"或"蝉冠"。之所以叫作"貂蝉冠"，可不是因为它是大美女貂蝉所戴之冠，而是因为冠上装饰有貂尾与蝉。貂蝉冠一般是用漆藤织成正方形的冠，再装饰以银饰。冠前有银花，在冠顶端插玳瑁蝉，两侧再以三个小蝉装饰，貂尾则插在左侧。而貂尾与蝉羽，都是古代显官冠上的饰物。

貂蝉冠起源于秦代，一直沿用至元明时期，后废于清。起初，貂蝉冠只是作为侍中、常侍等贵近之臣的冠饰，而后发展为高级官员的礼冠。貂蝉冠作为官帽的制度延续到了晋代时，由于当时朝廷封冠太多，还造成了貂尾紧缺的状况，于是就有官员用狗尾来替代貂尾。《晋书·赵王伦传》记载："奴卒厮役亦加以爵位。每朝会，貂蝉盈坐，时人为之谚曰：'貂不足，狗尾续。'"成语"狗尾续貂"便是由此而来，而此处的"貂蝉盈坐"指的就是高官满堂。

宋代时，貂蝉冠已经发展为朝服中最尊贵的礼冠，为三公、亲王侍祠及大朝会时所戴。宋代前期，官至同中书门下平章事（宰相）戴貂蝉冠，因此，在两宋时期，貂蝉往往用以代称宰相。宋代邵伯温《邵氏闻见录》记载："陶（谷）为人轻险，尝自指其头，谓必戴貂蝉。今髑髅亦无矣。"此外，宋代孟元老的《东京梦华录》记载："宰执亲王加貂蝉笼巾九梁。"此处的"貂蝉笼巾"便是貂蝉冠，所谓的"梁"，即"冠前额梁上排金铜叶也"。因此，根据官员品级高低的不同，貂蝉冠前的梁的数量也会随之变化。《明史·舆

◎貂蝉冠	服志三》则有明确记载："一品至九品，以冠上梁数为差。公冠八梁，加笼巾貂蝉，立笔五折……前后玉蝉。侯七梁，笼巾貂蝉，立笔四折……前后金蝉。伯七梁，笼巾貂蝉……前后玳瑁蝉。"

古意二首·其一

〔金〕元好问

七岁入小学，十五学时文。

二十学业成，随计入咸秦。

秦中多贵游，几与书生亲。

年年抱关吏，空笑西来频。

在昔学语初，父兄已卜邻 [1]。

跛鳖不量力，强欲缘青云。

四十有牧豕 [2]，五十有负薪。

寂寥抱玉献，贱薄倡优陈。

青衫亦区区，何时画麒麟。

遇合仅一二，饥寒几何人？

谁留章甫冠，万古徒悲辛。

注释

[1] 卜邻：选择邻居。卜，选择。

[2] 四十有牧豕：此处化用《史记·平津侯主父列传》公孙牧豕的典故，
比喻自己前半生贫困挫折。

| ◎章甫冠 | 　　章甫冠据说是由商代传下来的冠，由黑布制成。郑玄《三礼图》记载："章甫，殷冠，亦名毋，纻中，黑屋，十月行礼服之。"春秋时期仍有此制，主要流行于宋国。《礼记·儒行》中说："丘少居鲁，衣逢掖之衣；长居宋，冠章甫之冠。"关于孔子戴章甫冠，还有这样一个小故事：

　　宋国人曹商请教裘氏："子贡经商致富，凭借什么法术？"

　　裘氏说："子贡是孔子的弟子，当然是凭借孔子之道致富！"

　　曹商问："子贡经营什么货物？"

　　裘氏说："孔子有言：'君子喻于义，小人喻于利。'孔子之徒不言利，没人说过子贡经营什么货物。子夏有言：'学而优则仕，利在其中焉。'只要学成孔子之道，出仕为官，何愁不能富贵？"

　　曹商说："但是如今宋桓侯用戴剔成之策，黜儒用墨，师兄郑缓一度受到重用，如今也已自杀。弟子不能学而优则仕，怎样才能富贵？"

　　裘氏说："遭遇据乱之世，孔子之徒只能慎独待变。若说经商，宋国的奇货是章甫。孔子是宋人后裔，所以戴章甫冠。孔门弟子无论是否宋人，都戴章甫冠。如今孔子之徒遍布天下，章甫冠却是宋国特产。你想经商致富，不如把宋国的章甫冠，贩运到其他地方，不仅奇货可居，又能推广孔子之道。自古以来，都是用夏变夷，从未有过用夷变夏。"

　　曹商回家，告诉曹夏："裘氏说，子贡致富之术， |

◎章甫冠	就是贩运章甫冠。如今四夷之中，越国离宋国最近，贩运章甫冠到越国，必可致富。"
	曹夏正愁税赋加重，曹氏旅店难以维持，于是倾其家财，支持曹商。
	曹商把章甫冠贩运越国，不料越人断发文身，根本没人购买。
	曹商又把章甫冠运回宋国，仍然卖不出去。因为如今戴剟成黜儒用墨，宋人不爱儒者的文士装束，竞相效仿墨者的武士装束。
	曹商经商败家，庄周顾念旧情，劝慰他说："百里不同风，千里不同俗。夷夏风俗不同，不可强求一律。"
	而这个故事，在《庄子·逍遥游》中也有一句记载："宋人资章甫而适诸越，越人断发文身，无所用之。"

送贡尚书入闽

〔元〕杨维桢

绣衣经略南来后，漕运尚书又入闽。
万里铜盐开越峤，千艘升斗买蕃人。
香薰茉莉春酲 [1] 重，叶卷槟榔晓馔频。
海道东归闲未得，法冠重戴发如银。

注释

[1] 春酲：春日酒醉后的病态。

杜侍御送贡物戏赠

〔唐〕张谓

铜柱朱崖[1]道路难，伏波横海[2]旧登坛[3]。

越人[4]自贡珊瑚树，汉使何劳獬豸冠。

疲马山中愁日晚，孤舟江上畏春寒。

由来此货称难得，多恐君王不忍看。

注释

[1] 朱崖：汉郡名，一称"珠崖"，即今海南省海口市琼山区一带。

[2] 横海：指汉代横海将军韩说。

[3] 登坛：古代封拜大将，须筑坛举行隆重的仪式，大将登坛受命，然后出兵。

[4] 越人：泛指南方人。

◎法冠

　　法冠，即"獬豸冠"，亦称"楚冠""南冠""柱后""铁冠""铁柱冠"，汉代称"法冠"，为执法官所佩戴。獬豸是中国古代传说中的一种独角神兽，相传其性忠能辨曲直，面对邪恶无理者，便会以角攻击之。因此，装饰有獬豸外形的法冠也被称为"獬豸冠"。

　　獬豸冠的形制早在战国时期便有了，相传其本为楚王之冠。秦汉时，御史、使节及执法的官员常常戴用獬豸冠，取其坚定不移、彪悍威严之意。《后汉书·舆服下》记载："法冠，一曰柱后。高五寸，以𫄧为展筒，铁柱卷，执法者服之，侍御史、廷尉正监平也。或谓之獬豸冠。獬豸，神羊，能别曲直。楚王尝获之，故以为冠。胡广说曰：'……秦灭楚，以其君服赐执法近臣御史服之。'"

　　唐代以后，獬豸多为御史台御史的别称，因御史台御史戴有獬豸角之冠而得名。

　　宋代时，法冠亦为隐者所戴。《宋史·雷德骧传》记载："简夫始起隐者，出入乘牛，冠铁冠，自号'山长'；既仕，自奉骄侈，里闾指笑之曰：'牛及铁冠安在？'"

　　至明代以后，法冠逐渐消失。

幽居记今昔事十首以诗书从宿好林园无俗情为韵

〔宋〕陆游

癸亥辞修门[1]，拜赐散人号。
一出非本心，欢喜归祭灶。
故乡多名山，幸得遂所好。
舟舆虽难具，信步亦可到。
清溪无尘滓，奇峰有云冒。
雨垫林宗巾，风落孟嘉帽。
岂惟狂故在，望远亦未眊[2]。
一醉倘可谋，敢爱将军告？

注释

[1] 癸亥辞修门：指嘉泰三年癸亥夏，修《孝宗实录》《光宗实录》成，奉祠归山阴。

[2] 眊：视力暗弱，眼睛昏花。

◎林宗巾

　　林宗巾，东汉郭太所戴的一种头巾。郭太是东汉的名士，字林宗。他的家世贫贱，父亲很早就去世了，只有他与母亲相依为命。母亲希望他能去县里做事，但是，林宗却说："大丈夫岂能为几斗米屈膝？"辞而不就。后来，林宗到成皋拜屈伯彦为师。三年后，林宗学成归来，不但博览群书、学识渊博，而且擅长谈论，又精通音律。后游学于洛阳，一拜见河南府尹李膺，李膺就对他大加赞赏，于是二人结为好友，名震京师。再后来，林宗回到故乡，诸位士大夫儒生送行至河上，河边停着的车子有几千辆。林宗只与李膺同船过河，送行的众宾客望见，以为他们如神仙一般，十分羡慕。林宗不仅才华出众，品性高洁，而且身长八尺，容貌魁伟，风度翩翩，常常被惊为天人。由于他每到一地，都展现出过人的智慧，是当时文人雅士们纷纷钦慕崇敬的对象，所以有不少人都暗中效仿他的言谈举止。

　　一次在陈梁等地的游学途中，突然天降大雨，身边又没有地方躲雨。大雨淋湿了他的头巾，头巾的一角耷拉了下来，形成了一高一低的样式。但是，林宗并未在意，仍然戴着这样的头巾，潇洒依旧。不料，林宗无意之间的举动，竟然引来无数人的效仿。当时的士人一向崇敬林宗的道德、学问，在着装打扮上也时常效仿他。因此，总有很多人故意将头巾折起一角戴在头上，称作"林宗巾"。后遂用"林宗巾、郭太巾、折角巾、角巾折、巾角垫、雨垫巾、垫雨巾、垫巾"等来指文士名重一时、令人钦羡，或借指风流倜傥之士。

第二篇　衣裳

· YISHANG

郊庙歌辞·朝日乐章·雍和

〔唐〕乐府

晨仪式荐，明祀 [1] 惟光。
神物 [2] 爰止，灵晖载扬。
玄端肃事，紫幄 [3] 兴祥。
福履攸假，於昭允王。

注释

[1] 明祀：对重大祭祀的美称。

[2] 神物：指万物。

[3] 紫幄：紫色的帷帐，即享神之帐也。

◎端衣

端衣，又称"玄端"，或称"元端"，是中国古代祭祀时所穿的礼服。《荀子·哀公》："夫端衣玄裳，绂而乘路者，志不在于食荤。"注："端衣玄裳，即朝玄端也，绂与冕同。郑玄云：'端者取其正也。'"由于端衣"不邪杀，不圆袂，不继掩，不侈袂。其衡长八尺八寸，每幅长广皆二尺二寸，四角方正"，故称"端"。此外，又因为这种端衣为黑色礼服，没有彩色的纹饰，故称"玄端"。

先秦时，玄端作为一种礼服的上衣，多做朝服和祭服，上至天子、诸侯，下至士大夫皆可穿。天子平时燕居时穿之，诸侯祭祀宗庙时穿之，大夫、士早上入庙、叩见父母时亦穿之。此外，士冠礼、婚礼时也会穿玄端。

汉代时，汉明帝将玄端朝服改为朱衣朝服，此后一直沿袭到明代。明代时，明世宗和内阁辅臣张璁在参考了古人所服"玄端"的制式后，特别创制了燕弁服、忠靖服。

玄端很好地体现了中国古代的"上衣下裳"制度，而且应用广泛。马端临《文献通考·王礼考·君臣冠冕服》云："然除冕服之外，唯玄端（端衣）深衣二者，其用最广。"由于在古代，自天子至士，皆可服玄端，而自天子至庶人皆可服深衣，因此便有了"朝玄端，夕深衣"的说法。这也是由于玄端比深衣更加庄重正式，因此多作为朝服，而深衣则作为便服穿着。

此外，玄端在古代被默认为只有男子才可穿的

◎端衣	礼服，同时也有着明显的级别区分。《释端甫》载："《论语》云'端章甫'，注云'端，玄端'，诸侯朝服。若上士以玄为裳，中士以黄为裳，下士以杂色为裳，天子、诸侯以朱为裳，则皆谓之玄端，不得名为朝服也。"

采莲曲二首·其二

〔唐〕王昌龄

荷叶罗裙一色裁 [1]，芙蓉向脸两边开。
乱入 [2] 池中看不见 [3]，闻歌始觉有人来。

注释

[1] 一色裁：像是用同一颜色的衣料剪裁的。
[2] 乱入：杂入、混入。
[3] 看不见：分不清。指荷叶罗裙、芙蓉笑脸交相掩映，融为一体，难以
分清楚采莲的少女在哪一边。

绿罗裙·东风柳陌长

〔宋〕贺铸

东风柳陌长，闭月花房小。应念画眉人[1]，拂镜啼新晓。
伤心南浦[2]波，回首青门道。记得绿罗裙，处处怜芳草。

注释

[1] 画眉人：化用张敞画眉的典故。比喻夫妻恩爱，此处指词人的恋人。
[2] 南浦：指送别之处。典出《楚辞·九歌》："送美人兮南浦。"

◎罗裙

　　罗裙，指以丝罗为面料制成的裙子，是较普遍的一种裙式，多用绿色。在古代，罗是一种较高级的丝织品，因其花纹雅致，质地轻软稀疏，透气散热，多用作夏天的衣料。罗裙十分受年轻妇女的喜爱，唐代时，妇女盛行穿着裙装，而宋代则流行短襦长罗裙。

摸鱼儿·酒边留同年徐云屋

〔宋〕刘辰翁

怎知他、春归何处？相逢且尽尊酒。少年袅袅[1]天涯恨，长结西湖烟柳。休回首。但细雨断桥[2]，憔悴人归后。东风似旧。问前度桃花，刘郎能记，花复认郎否？

君且住，草草留君剪韭。前宵正恁时候。深杯欲共歌声滑，翻湿春衫半袖。空眉皱。看白发尊前，已似人人有。临分把手。叹一笑论文[3]，清狂顾曲[4]，此会几时又？

注释

[1] 袅袅：细长柔弱的样子。此处指连绵不断。
[2] 断桥：指杭州西湖名景之一，在杭州孤山边白堤东端，原名宝祐桥。
[3] 论文：谈论诗文。
[4] 顾曲：此处指欣赏乐曲。典出"曲有误，周郎顾"。

◎半臂

半臂，顾名思义，即"半袖"，唐宋时称为"半臂"，其形似衫去其长袖，是由上襦演变而来的一种宽口短袖衣，其形制与衫齐长，多为合领、对襟，胸前结带。半臂的穿法一般有两种：一种是加于短襦或衫之上，另一种则是穿于袍服之内，是为春秋之服。

汉代时，半臂在妇女间比较流行，形制通常为大襟交领，衣长至胯，袖长至肘，袖宽宽博并有缘饰。魏晋南北朝时，妇女们依然流行穿着半臂，同时还有很多男子也习惯穿着半臂，这一时期的半臂主要穿在襦衫的外面。

隋唐时期的半臂多以锦缎为面料，穿着在圆领袍衫的里面，故称"锦半臂"。隋代时，半臂先流行于宫廷内，多为内官、女史所服，唐代时传至民间，历久不衰。据宋代高承《事物纪原》卷六引《实录》载："隋大业中，内官多服半臂，除却长袖也。唐高祖减其袖，谓之半臂……士人竞服。"这一时期，无论男女，穿着半臂已然成为一种流行。

唐代半臂的款式多为对襟，衣式也比较短小，衣长多短至腰上，接近乳之下缘。领口分圆领和交领，领口一般都很低。两袖宽大而直，有长有短，袖长者不及肘，袖短者仅仅比肩宽出一点。半臂之襕通常为异色，并且自腰而下至膝，形似短裙，襕料则多是较柔软的绫、绢。

半臂的穿着对身份地位并没有什么规定，上至百官，下至庶民，皆可服半臂。但是，根据人们社会地位和经济地位的不同，在半臂的质地、纹饰、色

◎半臂

彩上会略有不同。

　　唐代以后，半臂逐渐发展成为御寒之衣，大多采用绫绢制作而成，内蓄棉絮。宋代时，半臂依然流行，没有袖的半臂也称为"背心"，将半臂的袖子加长，即变为"褙子"。辽、金、元时期，人们也穿着半臂。元代的搭护就是半臂的另一种类型，一般为皮质，有表有里。

　　到了明清时期，人们仍然有穿着半臂的习惯。明太祖朱元璋曾颁令将青布直身作为普通男子的章服，而清代的马甲，又名"坎肩"，就是结合了裲裆和半臂的特点，又吸收了北方骑射民族的服饰风格发展而来的。

端嘉杂诗二十首·其五

〔宋〕刘克庄

少年意气慕横行，不觉蹉跎[1]过一生。
便脱深衣笼窄袖，去参留守看东京[2]。

注释

[1] 蹉跎：失时，光阴虚度。

[2] 东京：又称汴京，北宋都城，今河南开封。

◎深衣

深衣即把衣、裳连在一起包住身子，分开裁，但是上下缝合，因为"被体深邃"，故得名。深衣分为直裾和曲裾两类，男女皆可穿着，既可以作为礼服，又可以作为日常服饰。

在深衣出现之前，衣服普遍都是上衣下裳。深衣制形成于周朝，主要特征就是上下分裁而合制，但保持一分为二的界限，并有一定的制作规范：深衣的上衣一般用四幅布，把左右连缝在一起，然后再取中线折叠为前后两幅。下裳用布六幅，每一幅布都用刀交解裁之，使一头狭窄，一头宽，狭窄的一头在上，宽的一头在下，正好适合上衣的腰缝，前后合成十二幅布。深衣的袖圆似规，领方似矩，后背垂直如绳，衣摆平衡似权，用不同色彩的布料作为衣缘，使身体深藏不露，雍容典雅。《礼记·深衣》中记载："古者深衣，盖由制度，以应规矩绳权衡。"郑玄《礼记注》载："名曰深衣者，谓连衣裳而纯之以采者。"

深衣在秦、西汉以前普遍流行，上至文武百官，下至士庶军旅皆身着深衣。深衣一直流行到东汉时期，魏晋以后，深衣被袍、衫取代，逐渐退出了历史舞台。

深衣制对后世的影响很大，并产生了广泛而持久的影响。后世的裤褶、襦裙等服饰都是深衣的遗制。汉代以来的朝服绛纱袍便是深衣制，唐代朝服、祭服的中衣也为深衣，宋代还有仿古礼制作的深衣，为士大夫祭祀冠服的礼服。

巫蛊使

〔元〕张宪

禅襹步摇冠，曲裾纱縠[1]衣。

伟哉燕赵士，借问此为谁。

谒帝登大堂，利口兴祸阶。

能令亲父子，恩爱一朝乖。

血溅长安城，尸横泉鸠里[2]。

虽族佞臣家，不益储君死。

望思思不归，至今天下悲。

请听三老议，儿罪只当笞。

注释

[1] 纱縠：精细、轻薄的丝织品。縠，绉纱一类的丝织品。

[2] 泉鸠里：又名全鸠里、全节。在今河南灵宝市西北鸠水西。《汉书·戾太子传》："太子之亡也，东至湖，臧匿泉鸠里。"

◎曲裾

　　曲裾是汉服的一种款式。"裾"指的是衣服的前襟，泛指衣襟，而"曲裾"就是指将衣襟环绕而形成的衣襟样式，比较有代表性的服饰就是曲裾深衣。据《礼记·深衣》记载，深衣的一大特点就是"续衽钩边"，也就是说"这种服式的共同特点是都有一幅向后交掩的曲裾"。曲裾的样式在秦汉时尤为流行，而曲裾深衣不仅在妇女中十分流行，在男子中也是最为常见的一种服饰。

　　曲裾深衣是在深衣的基础上，将前襟接长一段，穿着时需要将其绕至背后。《汉书·江充传》载："充衣纱縠禅衣，曲裾后垂交输。"这种服饰通身紧窄，衣长曳地，下摆呈喇叭状，行不露足。也因其紧裹于身的形制，最能体现出女子婀娜多姿的身形，故而在汉代妇女之间非常流行。

　　当然，续衽的长度并不是一定的，有的长度只绕一圈，有的则层层缠绕。例如在曲裾深衣的基础上发展出来的绕襟深衣，就将其衣襟接得极长，穿着时在身上要缠绕数道，再用带子匝结固定。

　　此外，曲裾深衣的下摆也并不都是长长的，拖地的那种。其下摆一般分为"直筒型"和"鱼尾型"。除了长到拖地的长曲裾深衣，还有一种短曲裾深衣，一般长度到膝盖位置。这种短曲裾深衣通常为兵卒穿着，外套甲衣。

　　东汉以后，曲裾的样式便逐渐被直裾样式所取代。

素描—曲裾

谒帝登大堂，利口兴祸阶。
能令亲父子，恩爱一朝乖。

————〔元〕张宪

秋浦清溪雪夜对酒客有唱山鹧鸪者

〔唐〕李白

披君貂襜褕，对君白玉壶。

雪花酒上灭，顿觉夜寒无。

客有桂阳 [1] 至，能吟山鹧鸪。

清风动窗竹，越鸟 [2] 起相呼。

持此足为乐，何烦笙与竽。

注释

[1] 桂阳：地名，即郴州。天宝元年改为桂阳郡，乾元元年复改为郴州。
今湖南郴州市。

[2] 越鸟：即鹧鸪。因越地最多，故称越鸟。

◎直裾

　　直裾，即襜褕，是一种较长的单衣，其短者则称为"裋褕"。襜褕的衣襟裾为方直，区别于曲裾。颜师古《急就篇注》："襜褕，直裾禅衣也。谓之襜褕者，取其襜襜而宽裕也。"

　　襜褕的制作材料颇为广泛，一般使用帛、兽皮等制成，并且还可以夹用毛皮装饰，春秋两季多用来御寒保暖。

　　襜褕的外形与深衣相似，都是衣裳相连，但是二者衣裾的开法不相同。裾就是指衣服的大襟。深衣多为曲裾，而襜褕则为直裾。襜褕的下摆部分剪裁为垂直，制作时把衣襟前片接长一段，穿时衣裾在身侧或侧后方，垂直而下，形成直裾，没有缝在衣上的系带，由布质或皮革制的腰带固定。

　　襜褕大约出现于西汉初期，最初仅仅是妇女的日常穿着，但由于当时的人们认为将套在膝部的裤腿露出来是不恭敬的事情，因此穿着时仍需要在其外配穿以曲裾深衣。到了西汉晚期时，襜褕得到了普及，男女皆可穿着。到了东汉时期，襜褕已逐渐取代了深衣。襜褕是在内衣完善后的一种新型制式，由于汉代以后内衣的改进，人们穿着襜褕时并不用担心会暴露下体，所以其款式也多是宽松型，不像曲裾那般紧裹于身。因此，至东汉以后，襜褕逐渐普及，成了深衣的主要模式。

　　但是，襜褕并不是正式的官服和礼服，因而不能作为朝服，更不能穿入宫中。《史记·魏其武安侯列传》记载："元朔三年，武安侯坐衣襜褕入宫，不敬。"

琐窗寒·寒食

〔宋〕周邦彦

暗柳啼鸦，单衣伫立，小帘朱户。桐花半亩，静锁一庭愁雨。洒空阶、夜阑未休，故人剪烛西窗语。似楚江暝宿，风灯零乱，少年羁旅。

迟暮。嬉游处。正店舍无烟，禁城百五。旗亭[1]唤酒，付与高阳俦侣[2]。想东园、桃李自春，小唇秀靥今在否。到归时、定有残英，待客携尊俎。

注释

[1] 旗亭：指酒楼。有酒旗立于其上，以招揽客人。
[2] 高阳俦侣：指酒徒。典出《史记·郦生陆贾列传》，郦食其求见刘邦，刘邦嫌弃他是儒生而谢绝了。郦按剑大呼道："吾高阳酒徒，非儒生也。"刘邦便接见了他。

◎禅衣

　　禅衣又称"单衣"，即没有衬里的单层长衣，其外形与深衣相似，有直裾和曲裾两种款式，男女皆可穿服。《说文》载："禅，衣不重。"《大戴礼记》载："禅，单也。"《释名·释衣服》又有："禅衣，言无里也。"《后汉书·马援传》载："公孙述更为援制都布单衣。"禅衣质料为布帛或薄丝绸，既可以作为夏日的燕居之服，即夏衣，也可以作为衬衣穿在袍服里面，或者作为罩在外面的单衣。

　　禅衣往往作为上层人士平日所穿的常服，假设进宫时要穿须经过特许，如《汉书·江充传》记载："江充被召入宫，自请愿以所常被服冠见上，上许之。充衣纱縠禅衣，曲裾后垂交输，冠禅缅步摇冠，飞翮之缨。"

　　此外，禅衣也指绒衣。佛教僧人的衣服是用毛毡做的，俗称"琐哈剌"。明代文震亨《长物志·衣饰》记载："（禅衣）以洒海剌为之，俗名'琐哈剌'，盖番语不易辨也。其形似胡羊毛片缕缕下垂，紧厚如毡，其用耐久，来自西域，闻彼中亦甚贵。"

虞美人·大红桃花

〔宋〕刘辰翁

　　鞓红[1]干色无光霁。须是鲜鲜翠。翛然一点系裙腰，不著人间金屋、恐难销。

　　英英[2]肯似焉支[3]贵，漫脱红霞帔。落时且勿浣[4]尘泥，留向天台洞口、泛吾诗。

注释

[1] 鞓红：深红色。
[2] 英英：鲜明的样子。
[3] 焉支：即胭脂。
[4] 浣：污，污染，玷污。

◎霞帔

霞帔，也称"霞披""披帛"，是宋明以来重要的冠服之一。

霞帔最早由南北朝时期的帔子演变而来，发展到隋唐时期唤作霞帔，造型类似于现代常见的披肩。至清代，改制为背心式服装。霞帔原本为皇帝的妃嫔所穿着，发展至宋代霞帔被划入命妇礼服的行列中，正式成为一种身份等级的象征。

霞帔始于南北朝时期的帔，隋唐时期窄而长的帔演变成了披帛，逐步成为披在两臂之间、舞之前后的一种飘带。后来因为帔子看起来美如彩霞，固有"霞帔"之美称。

宋代时，霞帔作为一种命妇礼服登上了历史舞台，它是唐代披帛的延续，并随品级高低的不同而有不同装饰。例如：一、二品命妇的霞帔为麿金绣云霞翟纹，三、四品为金绣云霞孔雀纹，五品绣云霞鸳鸯纹，六、七品绣云霞练鹊纹，八、九品绣缠枝花纹。

到了明代，霞帔形似两条彩带，绕过头颅，披挂于胸前，下垂一颗或金或玉的坠子。明代时期，后妃和百官的妻子都披挂霞帔，并且规定霞帔的颜色要与礼服的颜色相配。

清代，霞帔是汉人命妇穿用的，作用相当于男人的官服，满族命妇的朝褂。

民国时，部分地区仍盛行女子结婚时"借服"穿霞帔，而在大部分地区，霞帔开始被旗袍装和西式婚纱所取代。

极相思·西园斗草[1] 归迟

〔宋〕吕渭老

西园斗草归迟。隔叶[2] 啭黄鹂。阑干醉倚，秋千背立，数遍佳期。

寒食清明都过了，趁如今、芍药蔷薇。衩衣吟露，归舟缆月，方解开眉。

注释

[1] 斗草：即斗百草，是古代民间流行的一种用各种花草相斗以决胜负的游戏，也是端午民俗。

[2] 隔叶：树叶遮盖。

服饰小百科

祇衣

◎祇衣	祇衣，本指两侧开祇的长衣。古人用以称男子的内衣或便服，这个称呼始于唐代。《通鉴释文辨误十一·通鉴二五二》："祇衣二字，今人所常言也。凡交际之间，宾以世俗之所谓礼服来者，主欲从简便，必使人传言曰：'请祇衣。'客于是以便服进。又有服宴亵之服而遇服交际之服者，必谢曰：'祇袒无礼。'可见祇衣之语，起于唐人，而通行于今世也。" 关于祇衣，《唐国史补·卷中》中记载了一个"故囚报李勉"的故事：传说当年天下动乱时，常常有很多刺客。李汧（字勉）在开封任府尉，查看狱间，看到监狱的囚犯中有一个十分有意气的，他向李汧倾诉自己的经历，哀求李汧放他走。李汧心软，就把他放走了。 多年以后，李汧罢官，出游于黄河之北。偶然之间，他见到了以前那个囚犯。囚犯见到李汧十分高兴，便邀请他到自己家中做客。囚犯告诉自己的妻子说："这位是当初让我得以活命的人，我该如何报答他的恩德呢？"妻子答道："送他一千匹丝帛可以吗？"囚犯答："不够。"妻子答道："那送他两千匹丝帛可以吗？"囚犯答："不够。"妻子答道："这样还不够的话，不如杀了他。"于是，囚犯就有了这个念头。但是，他的仆人觉得李汧可怜，就把这件事偷偷告诉给李汧，李汧就穿着祇衣赶紧上马逃跑了。快到半夜时，他已经走了一百多里的路程，来到了一个叫津店的地方。店主人问他："这里有很多猛兽，你怎么还敢在夜间赶路呀？"李汧便把

◎袄衣	事情的始末告诉了店主人。还没说完，只见房梁上跳下来一个人，说："我差点儿就杀了一个品德高尚的人。"于是就走了。天还没亮，刺客就带着那个囚犯夫妻二人的首级，放在了李汧面前。

临江仙·赠王友道

〔宋〕苏轼

　　谁道东阳[1]都瘦损，凝然点漆精神。瑶林终自隔风尘。试看披鹤氅，仍是谪仙人[2]。

　　省可清言挥玉麈，真须保器全真[3]。风流何似道家纯。不应同蜀客[4]，惟爱卓文君。

注释

[1] 东阳：即南朝齐梁间诗人沈约，曾官东阳太守，人称沈东阳。欲向梁武帝请高官，不许，便托朋友说，"百日数旬，革带常应移孔。"意思是说自己为求官而腰围瘦损。

[2] 谪仙人：被贬谪到人间的神仙。

[3] 保器全真：保全身体和真气。

[4] 蜀客：指司马相如。因其是蜀人，故称。

◎鹤氅

鹤氅，指古代用鹤羽等鸟类羽毛织成衣料制成的贵重裘衣，也称羽衣。"鹤氅"二字，晋已有之，相传为晋代名士王恭所创，故又称"王恭氅"。《世说新语·企羡》载："孟昶未达时，家在京口。尝见王恭乘高舆，披鹤氅裘。于时微雪，昶于篱间窥之，叹曰：'此真神仙中人。'"可见，晋时的鹤氅形制宽大，披在身上，长及拖地，可以抵御风雪。再加上古代文学作品中仙人的模样总是身披鹤氅，故又称"神仙道士衣"。

最初的鹤氅还是用仙鹤羽毛做成的裘衣，后来文人、诗人、隐士等亦用布制成鹤氅，即一种宽松的外套。其表现为大袖，两侧开衩的直领罩衫，不缘边，中间以带子相系，形制与道袍相似。鹤氅后来也专指道服。

明代的鹤氅，和披风形制差不多，只不过有缘边多些，领子相合一些，比之褙子，袖子应更加宽大。明刘若愚《酌中志·内臣佩服纪略》云："氅衣，有如道袍袖者，近年陋制也。旧制原不缝袖，故名之曰氅也。彩、素不拘。"

赠华振轩

〔清〕安念祖

峻峻傲骨识君容，谈剧时披绵绣胸[1]。
诗格清奇惊渡象，文心灵变擅雕龙[2]。
谪仙潇洒非空世，曼倩诙谐不露锋。
白社相从方恨晚，那堪飘泊怨萍踪。

注释

[1] 绣胸：即绣补。明清官吏的补服前胸及后背缀有金线或彩线绣的鸟兽图像。

[2] 擅雕龙：比喻善于修饰文辞或刻意雕琢文字。

◎补服

补服，又称"补褂""外褂"，是明清时官员的常朝之服，用于朝视、谢恩、礼见、宴会等场合。因其前后各缀有一块"补子"，故名。

补服是从我国的明朝开始出现，并一直延续到清朝灭亡时才逐渐退出历史的舞台。

补子，简称为"补"，亦可称"绣胸""胸背"或"官补"，是明清时期在官服胸前或后背上织缀的一块圆形或方形织物。补子作为身份、等级的标志，是封建礼教制度在服饰中最典型代表之一。根据官位不同，纹样形式亦不同。补子用飞禽代表文官，如明清两代的一品文官都用仙鹤补；而用猛兽代表武官，如明代一品武官用狮子补，清代一品武官用麒麟补。明代补子通用为方形，而清代补子除了方形外，还有圆形，尺寸也比明代的补子要小一些。明代的补服为大襟袍，用绯、青、绿色为底；清代则为对襟褂，用石青、天青色为底。

此外，受有诰封的命妇，即官吏母、妻，也会备有补服，通常用于庆典朝会。命妇们补服所用的纹样都是按照其丈夫或儿子的品级而定，如一品命妇，可以用仙鹤补。并且，无论是文官还是武职，他们的母、妻都用飞禽补，表示女子以娴静为美。

夏夜舟中闻水鸟声甚哀若曰姑恶[1] 感而作诗

〔宋〕陆游

女生藏深闺，未省窥墙藩。

上车移所天[2]，父母为它门。

妾身虽甚愚，亦知君姑尊。

下床头鸡鸣，梳髻著襦裙。

堂上奉洒扫，厨中具盘飧，

青青摘葵苋，恨不美熊蹯[3]。

姑色少不怡，衣袂湿泪痕。

所冀妾生男，庶几姑弄孙。

此志竟蹉跎，薄命来谗言。

放弃[4]不敢怨，所悲孤大恩。

古路傍陂泽，微雨鬼火昏。

君听姑恶声，无乃遣妇魂?

注释

[1] 姑恶：鸟名。传说这种鸟是被虐待致死的妇女幻化的，发出"姑恶"的叫声，故名。

[2] 移所天：封建礼教中，"子以父为天，妻以夫为天"，因此称女子出嫁为"移所天"。

[3] 熊蹯：熊掌。

[4] 放弃：指因没有生育男孩而被抛弃。

◎襦裙

　　襦裙，是汉族服饰史上最早也是最基本的形制之一，是典型的"上衣下裳"衣制，与深衣的上下连属相区别。所谓"襦裙"是指上身穿的短衣（襦）和下身束的裙子（裙）的合称。

　　襦裙最早出现于战国时期，由于秦汉时期流行深衣，穿襦裙者逐渐减少，后至南北朝时期再次兴起，一直盛行不衰，直至清代消失。自战国时期始，在襦裙2000多年的发展历史中，虽然襦裙的长短宽窄时有变化，但其基本形制始终保持着最初的样式。

　　襦裙按照上襦领子的样式不同，可以分为交领襦裙和直领襦裙等；按照是否夹里的区别，襦分为单襦、复襦，单襦近于衫，复襦近于袄，不同之处在于有无腰襕。按照裙腰的高低不同，襦裙又可以分为齐腰襦裙、高腰襦裙、齐胸襦裙。

　　襦裙的上衣一般为短襦或衫，称为"襦"，长度一般在膝盖以上。唐代颜师古注曰："短衣曰襦，自膝以上。"东汉以前，男女均可穿着，既可以为衬衣，也可以为外衣。东汉以后，多为女子所穿用。

　　到了魏晋时期，襦一般采用大襟，有长短之分，长者至膝盖位置，短者一般至腰间；衣袖有宽大样式的，穿来仙气飘飘，也有窄袖样式的，穿着时手臂活动更为方便。

　　隋唐时期，襦的式样则以窄袖对襟为主，不再采用纽带，袖长一般至手腕或者超过手腕。且这一时期的女子服襦裙时，一般会梳高发髻，穿窄袖短襦，加半臂，束曳地长裙，腰系绦带，佩披帛。盛唐至晚唐

◎襦裙	时期，襦的袖子则愈来愈宽松，中唐以后襦的袖子则多宽大。

到了宋代，由于褙子的出现，穿襦者一度减少，但一般的士庶妇女依然将其作为日常服饰。后在元代时又重新流行，直至清代中期，襦逐渐被袄所取代而消失。

襦裙的下衣则是裙子，称为"裙"，一般由四幅素绢连接拼合而成，东汉刘熙《释名·释衣服》载："裙，群也，连接群幅也。"汉代的裙一般为上窄下宽，不施边缘，下垂至地，裙腰的两端缝制有绢条，以便系结。这一时期的裙样式还较为朴素，搭配襦袄穿着，在士庶妇女中广为流行，汉代辛延年《羽林郎》云："长裙连理带，广袖合欢襦。"

到了魏晋时期，裙的样式更加丰富，色彩也更加鲜艳，纹饰日益增多。这一时期，宽衣广袖、曳地长裙成了贵族争相穿着的主要服饰。

隋代时，裙的样式承袭了南北朝时的风格，几种色彩交映成趣的"间色裙"和使用若干条上宽下窄的布料拼接而成的"仙裙"最受广大妇女们喜爱。

唐代是襦裙鼎盛的时期，各个阶层的妇女皆穿用襦裙。唐代的裙也以宽博为尚，有六幅、七幅、八幅、十二幅不等，裙摆的长度也明显增加。过于宽大的服饰不仅不便于劳作，而且在用料上也十分浪费。因此，关于襦裙的袖宽与裙长，朝廷还制定了相关的规定进行限制。《新唐书·车服志》载："妇女裙不过五幅，曳地不过三寸。"

◎襦裙

宋代时，裙的样式承袭了唐代的风格，仍然以宽博为尚，只是更加偏爱多折裥的裙幅，称"百迭""千褶"。这种裙式也是现在百褶裙的雏形。

辽金元时期的裙式在承袭宋代裙式的同时，保留了少数民族服饰的特点。

明代的裙式则继承了唐宋裙装的特色，女子的裙装只是在颜色上更偏向素雅，纹饰也不明显。但是到了明代末期，女子裙上的纹饰则日益讲究起来，褶裥也更加细密，样式更加别致，如"鱼鳞百褶裙""月华裙"。

到了清代，传统的襦被袄、褂代替，裙的样式也在明代的基础上发展出了"马面裙""红喜裙"，襦裙渐渐消失。

女生藏深闺，未省窥墙藩。
上车移所天，父母为它门。

———〔宋〕陆游

送秦系赴润州 [1]

〔唐〕韦应物

近作新婚镊白鬓，长怀旧卷映蓝衫。
更欲携君虎丘寺 [2]，不知方伯 [3] 望征帆。

注释

[1] 秦系：字公绪，自号东海钓客，南安居士，越州会稽（今浙江绍兴）人。
与刘长卿、韦应物等人交好。润州：唐润州治所在丹徒，今江苏镇江市。
[2] 虎丘寺：在苏州西虎丘山上，为苏州名胜。
[3] 方伯：一方诸侯之长。此处指徐州节度使张建封。

◎襕衫

襕衫，亦称"蓝衫"，是古代士人所穿的服饰，始于北周，在隋唐五代兴盛，后世沿袭，至明代，还被作为内臣宦官所穿着的服装。襕衫到膝处有一道接缝，称为"横襕"。因为"衣与裳连曰襕"，故一般认为这道横襕是对衣裳制恪守古意而刻意加上的。襕衫的领子多用圆领，后来的襕衫形制虽然有所区别，但大致也遵循了这一点，只不过在领边、袖宽、用料、用色和图案装饰等方面各具特色。

唐代时，襕衫被用作朝廷官员的公服，且形式要与普通百姓的衣着相区别。《旧唐书·舆服志》记载："中书令马周上议，《礼》无服衫之文，三代之制有深衣。请加襕、袖、襈、襈，为士人上服。"

两宋时期，襕衫已经十分流行，男子常以服襕衫为尚。《宋史·舆服志》记载："襕衫，以白细布为之，圆领大袖，下施横襕为裳，腰间有襞积，进士及国子生、州县生服之。"可见，上至职官公服，下至文人学子、低级吏人，皆服襕衫。

到了明代，一方面人们对襕衫的穿戴有明显的等级区分，另一方面圆领襕衫和无膝襕襕衫的使用更为广泛。襕衫一般作为秀才等士人穿着的公服，同时也用于各地乡学祭孔六佾舞礼生服饰。

临江仙·赠贺子忱二侍妾二首

〔宋〕王之望

　　霓作衣裳冰作在，铅华不浣天真。临风几待逐行云。自从留得住，不肯系仙裙。

　　对客挥毫惊满座，银钩虿尾 [1] 争新。数行草圣妙如神。从今王逸少 [2]，不学卫夫人 [3]。

注释

[1] 银钩虿尾：形容书法的钩、挑等笔画遒劲有力。虿尾，蝎子的尾巴。比喻书法上的"趯"笔。亦泛指书法遒劲。

[2] 王逸少：指王羲之，字逸少。东晋大书法家，有"书圣"之称。

[3] 卫夫人：本名卫铄，字茂漪，晋代著名书法家，与王羲之母亲为中表亲戚，成为王羲之的书法老师。

◎仙裙

　　仙裙是流行于隋唐时期的一种长裙，由十二片布料拼接而成，其中每一片布料呈上细下宽的梯形。仙裙的束腰很高，一般束在胸部，显得人的身材十分修长。女子在穿仙裙时，常常披上一条长披肩。

　　相传为隋炀帝所发明，将整条裙子剖成十二间道，再拼接而成，俗称"十二破裙"。唐代刘存《事始》载："炀帝作长裙，十二破，名'仙裙'。"

绿意

〔宋〕张炎

碧圆[1]自洁。向浅洲远渚，亭亭清绝。犹有遗簪，不展秋心，能卷几多炎热？鸳鸯密语同倾盖，且莫与、浣纱人[2]说。恐怨歌、忽断花风，碎却翠云千叠。

回首当年汉舞，怕飞去、漫皱留仙裙褶。恋恋青衫，犹染枯香，还笑鬓丝飘雪。盘心清露如铅水[3]，又一夜、西风吹折。喜静看、匹练[4]秋光，倒泻半湖明月。

注释

[1] 碧圆：指荷叶。
[2] 浣纱人：指西施。
[3] 铅水：比喻晶莹凝聚的眼泪。
[4] 匹练：成匹的白绢。此处是形容月光照射、倾泻的样子。

◎留仙裙

留仙裙，即有皱褶的裙，原是汉宫中流行的一种有皱褶的长裙。汉朝的妇女穿着有衣、裙两件式，裙子的样式多样，其中最有名的便是"留仙裙"。

说到留仙裙的来历，就不得不提汉成帝刘骜的皇后赵飞燕。赵飞燕是历史上有名的美人，而且尤善舞蹈。相传她身轻如燕，能作掌上舞。《飞燕外传》中记载了这样一个小故事：有一次，成帝命令工匠打造了一只精巧的水晶盘，让赵飞燕在盘上跳歌舞《归风送远曲》。表演开始，成帝手执犀牛骨，亲自击打节拍，侍郎冯无方吹笙伴奏。赵飞燕在直径不足一尺的水晶盘上翩翩起舞。成帝看得兴致正浓时，突然刮起了一阵大风，赵飞燕那无袖衣裙随风飞扬，轻盈的身躯也好似要乘风飞去。情急之下，成帝赶紧命令在旁吹笙的冯无方拉住了赵飞燕的裙摆。风停后，赵飞燕的裙摆竟被冯无方扯出了许多皱褶。赵飞燕穿着这件有皱褶的舞裙显得更加漂亮了。成帝看了，笑盈盈地说："多亏了这条裙子，才留住了你这位仙子，不如就叫它留仙裙吧！"后来宫女们纷纷效仿，都将自己穿的裙子折叠出许多皱褶。从此，一种折有皱褶的留仙裙便在汉宫中流行起来了。

诉衷情·御纱[1]新制石榴裙

〔宋〕晏几道

御纱新制石榴裙。沉香慢火熏。越罗[2]双带宫样，飞鹭碧波纹。

随锦字[3]，叠香痕。寄文君[4]。系来花下，解向尊前，谁伴朝云[5]。

注释

[1] 御纱：亦称官纱，指供皇帝使用的丝织品。

[2] 越罗：越地所产的绮罗，与蜀地所产的锦缎并称名品。

[3] 锦字：女子写给情人的书信。

[4] 文君：代名，指收信的情人。

[5] 朝云：代名，与"文君"为同一人。

◎石榴裙

石榴裙，是唐代年轻女子极为青睐的一种服饰款式，最早大概出现于六朝时期。这种裙子色如石榴之红，不染其他颜色，色泽非常鲜亮纯正。而这种裙子的材质多为绫。绫是一种丝织物，制成的裙子十分轻薄。女子们穿上这鲜红的石榴裙，显得十分清丽动人。"石榴裙"也成了美女的代名词。唐代万楚在《五日观妓》中说："眉黛夺将萱草色，红裙妒杀石榴花。"

在古代民间的俗语中，形容一个男人被美色所征服时，往往会称之为"拜倒在石榴裙下"，并且这一俗语至今仍被使用。而关于"拜倒在石榴裙下"这句俗语的来源，就不得不提一下唐朝美人杨贵妃。

相传唐玄宗的宠妃杨贵妃非常喜欢石榴花，也爱吃石榴，常常身着石榴裙。唐玄宗为了投其所好，更是在皇宫、华清池等地种上石榴，以供她游玩欣赏。由于玄宗对杨贵妃的宠爱达到了"从此君王不早朝"的地步，招来了许多大臣的不满。他们将所有的错都怪罪到了杨贵妃身上，甚至于见了杨贵妃都不行礼。一次，唐玄宗宴请大臣，正在兴头，让杨贵妃跳舞助兴。参加宴会的很多大臣们都没有见过杨贵妃的舞姿，兴致盎然地盯着杨贵妃看。杨贵妃心中不悦，就闹起了小脾气，对玄宗撒娇道："这些大臣们大多对臣妾侧目而视，见了臣妾都不施礼，臣妾不愿意为他们跳舞。"于是，玄宗下令，大臣们见了杨贵妃必须跪拜行礼，拒不跪拜者，以欺君之罪严惩。后来，大臣们再看到穿着石榴裙的杨贵妃时，皆纷纷跪拜行礼。从此，"拜倒在石榴裙下"便成了口口相传的俗语。

见紫薇花忆微之 [1]

〔唐〕白居易

一丛暗淡将何比？浅碧笼裙衬紫巾 [2]。
除却微之见应爱，人间少有别花人。

注释

[1] 微之：即元稹，字微之。白居易的诗友。
[2] 紫巾：指紫薇花。

◎笼裙	笼裙是一种呈桶状的裙子，穿着时需要从头套入。这种裙子最初常见于西南少数民族地区，隋唐时期传入中原，成为都城贵族妇女间颇为流行的一种服饰。 　　笼裙是穿在一般裙子外的套裙，也就是后人所谓的衬裙，笼裙大多是采用一种轻软细薄而半透明的丝织品"单丝罗"制成，上面用金银线及各种彩线绣成花鸟图案。马缟《中华古今注》说："隋大业中炀帝制五色夹缬花罗裙以赐宫人及百僚母妻，又制单丝罗以为花笼裙，常侍宴供奉宫人所服。后又于裙上剪丝凤，缀于缝上，取象古之褕翟。至开元中有制焉。"可见，直至开元中期，笼裙之制依然流行。

小雅·采菽 [1]

〔先秦〕诗经

采菽采菽，筐之筥 [2] 之。君子来朝，何锡予之？虽无予之，路车乘马。又何予之？玄衮及黼。

觱沸槛泉 [3]，言采其芹。君子来朝，言观其旂。其旂淠淠 [4]，鸾声嘒嘒。载骖载驷，君子所届。

赤芾 [5] 在股，邪幅在下。彼交匪纾，天子所予。乐只君子，天子命之。乐只君子，福禄申之。

维柞之枝，其叶蓬蓬。乐只君子，殿天子之邦。乐只君子，万福攸同。平平左右，亦是率从。

汎汎杨舟，绋缡维之。乐只君子，天子葵之。乐只君子，福禄膍 [6] 之。优哉游哉，亦是戾矣。

注释

[1] 菽：豆类的总称。
[2] 筥（jǔ）：圆形竹筐。此处指用筥装物。
[3] 觱（bì）沸：泉水涌出的样子。槛泉：指泉水喷涌而出。槛，同"滥"。
[4] 淠（pèi）淠：飘动的样子。
[5] 芾：古代官服外的蔽膝，缝于腹下膝上。
[6] 膍（pí）：厚。

◎行縢

行縢，古称为"行缠""邪幅"，俗称"裹腿""绑腿"，是一种用于缠裹小腿的布帛，两端用丝绳绑扎。《诗经·小雅·采菽》云："邪幅在下。"东汉刘熙《释名》载："幅所以自逼束，今谓之行縢。言以裹脚，可以跳腾轻便也。"一般穿用者多为男子，多用于军中和民间行路时。在穿用时，既可以缠绑于外，又可以纳于袜内。

行縢最早出现于周代，称"邪幅"。人们在小腿上缠上邪幅，一方面是为了抵御寒冷，另一方面则是为了行动快捷。

战国时期，行縢被称作"縢"。汉代沿袭此制，取行走轻便之意，改称"行縢"，多为兵卒穿用，用条带形的布帛螺旋形由足腕向上右旋缠扎至膝下，上端以组带束扎。行縢的颜色以赭色为主，束扎的组带多为朱红色或粉紫色。魏晋时期，则多用于武士的服装中。

行縢被历朝历代的人们沿袭，经过宋元至清仍不废除。明清时期，行縢又称"绑腿"，以织锦、绸缎制作而成，深受女子们的喜爱。清代的女子在冬天穿棉裤时多扎绑腿，上面常会绣有各种精美的图案，两端还缀有流苏装饰。直到现今，在西南少数民族地区还保留使用行縢的习惯。

答孔平仲惠蕉布二绝

〔宋〕苏辙

其一
裘葛终年累已轻，薄蕉[1]如雾气尤清。
应知浣濯衣稜败，少助晨趋萃蔡[2]声。

其二
灯笼白葛扇裁纨[3]，身似山僧不似官。
更得双蕉缝直裰，都人浑作道人看。

注释

[1] 薄蕉：蕉葛制成的夏天的衣衫。蕉，芭蕉，茎解散如丝，可纺绩，为绤绤，名蕉葛。
[2] 萃蔡：衣服摩擦的声音。
[3] 纨：白色的细绢。

◎直掇	直掇，亦称“直身”“直裰”，是一种长外衣，最早见于唐代，一般以素布为材料，对襟大袖，腰裰横襕，背部的中缝直通下面，因此得名。冯鉴《续事始》引《二仪实录》载：“（袍）无横襕谓之直掇。” 宋代时，直掇多为道士、僧侣所穿着，俗称“道袍”，同时也有少数文人穿着直掇。宋代赵彦卫《云麓漫钞》中谓：“古之中衣，即今僧寺行者直掇，亦古逢掖之衣。” 直掇在宋代以后较为流行，元明时期在款式上发生了些变化，一般为大襟交领，上下相连，衣长过膝，衣缘四周镶以黑边，中间无横襕、襞积。此时的直掇在官员或士、庶男子之间十分流行，成了一种居家便服。

渔歌子·西塞山[1]前白鹭飞

〔唐〕张志和

　　西塞山前白鹭飞，桃花流水鳜鱼[2]肥。青箬笠[3]，绿蓑衣，斜风细雨不须归。

注释

[1] 西塞山：即道士矶。

[2] 鳜鱼：即桂鱼，口大鳞细，青黄色，为江南名产，味道鲜美。

[3] 箬笠：即用竹篾、箬叶编织的斗笠，与蓑衣配套的防雨用具。

◎蓑衣

　　蓑衣是用草或棕编织的雨衣，流行于我国大部分地区，以江南最盛行。蓑衣很早就出现了，在《诗经·小雅·无羊》中就有"尔牧来思，何蓑何笠"之句。蓑衣需要和头上戴的笠配套穿戴，是古人劳作时的防雨用具。蓑衣一般用龙须草等编织，也有用棕片编织的。蓑衣分为大蓑衣和小蓑衣。小蓑衣无翅，一般可以用作垫背；大蓑衣则有两翅，可以连肩膀也遮挡住。蓑衣由上衣和下裙两块组成。与普通衣服不同的是，蓑衣既没有袖口，也没有衣带，上面是坎肩，整个蓑衣形状如一只大蝴蝶，两翼向上翘，中间用蓑骨做成圆领口，领口两端有绳子系于颔下。

　　唐代诗人江为《江行》云："何时洞庭上，春雨满蓑衣。"蓑衣作为传统的防雨用具，一直沿用了三千多年，直到20世纪70年代化纤雨衣普遍使用后，蓑衣才退出了历史舞台。如今，在偏僻的乡村田间地头，偶尔能看见穿着蓑衣、戴着斗笠的人。

观舞柘枝二首

〔唐〕刘禹锡

其一
胡服何葳蕤 [1]，仙仙登绮墀。

神飙猎红蕖，龙烛然金枝。

垂带覆纤腰，安钿当妩眉。

翘袖中繁鼓，倾眸溯华榱 [2]。

燕余有旧曲，淮南多冶词。

欲见倾城处，君看赴节时。

其二
山鸡临清镜，石燕赴遥津。

何如上客会，长袖入华茵？

体轻似无骨，观者皆耸神。

曲尽回身处，曾波 [3] 犹注人。

注释

[1] 葳蕤：华丽鲜艳的样子。

[2] 华榱（cuī）：指雕画的屋椽。

[3] 曾波：比喻美女的眼睛。《楚辞·招魂》："娭光眇视，目曾波些。"

◎胡服

胡服，指古代西方和北方各少数民族的服装。在中国古代，居住在西域和北方的少数民族统称为"胡人"，他们所穿的衣服也因此被称为"胡服"。与汉民族服饰的宽衣博带长袖不同，胡服普遍是衣短袖窄的形制。

早在春秋战国时期，胡服便已经传入华夏。《战国策·赵策二》记载，为了对抗北方游牧族群的入侵，赵武灵王于公元前307年颁布胡服令，推行"胡服骑射"："今吾将胡服骑射以教百姓。"引得其他国家也纷纷效仿。胡服因其衣身紧窄、便于活动、轻便实用等特点，十分适合骑马射箭，很快便从军队流传至民间，逐渐被广泛穿用。

秦汉时期，胡服大多只用于军旅，帝王百官无论是朝祭之服还是燕居之服，仍然沿用周制。

魏晋南北朝时期，政权林立且更迭繁复，各民族之间战乱频繁，塞外诸民族大量内迁，塞外民族初建政权时，大多沿袭本民族的服制。宋代沈括在《梦溪笔谈》中写道："中国衣冠，自北齐以来，乃全用胡服。窄袖、绯绿短衣，长靿靴、有蹀躞带，皆胡服也。"到了北朝时，受汉文化影响，曾废除胡俗，改汉服为礼服。其中最具代表性的就是北魏孝文帝实施的改革，他曾禁止鲜卑族穿着胡服，明文规定鲜卑人穿着汉服。一次，他在街上看到有妇女还穿着鲜卑族的小袄，回去后便对负责督察的官员大加训斥。

初唐时期，唐人间就开始流行胡服风尚，唐人纷纷效仿胡人着胡服，即锦绣浑脱帽、翻领窄袖袍、条

◎ 胡服	纹小口裤和透空软锦鞋，并逐渐形成了一股"胡服热"。这股"胡服热"在唐玄宗开元、天宝年间最为盛行，无论男女，皆兴穿胡服。由于此时的唐朝正处于一个政治经济文化高度融合的阶段，随着中外交流和民族融合的进一步加强，当时汉人作胡人打扮，胡人着汉人衣裳的现象十分普遍。上至宫廷贵室，下至市井田间，人们对穿着胡服十分热衷。《安禄山事迹》卷下载："天宝初，贵游士庶好衣胡服，为豹皮帽，妇人则簪步摇，衩衣之制度，衿袖窄小。"中唐以后，由于经历了"安史之乱"，唐人对胡人有所警惕，但生活中依然热衷于着胡服，"胡服热"丝毫没有减损。元稹在《法曲》中就有"胡音胡骑与胡妆，五十年来竞纷泊"的诗句。 　　宋代之后，政治、经济和文化条件都发生了新的变化，"胡服热"渐趋沉寂。 　　明朝政权建立初期，也曾下令禁止胡服，但由于长时间的民族融合，汉族服饰中也吸收借鉴了很多胡服元素，例如明朝的曳撒和贴里就吸收了蒙古服饰的元素。 　　清代时，统治者为了巩固政权，推行剃发易服，迫使汉族男子穿着满族服饰。汉族妇女虽然仍旧可以穿着汉族服饰，但随着时间的推移，汉族妇女的服饰也逐渐满化。

十二月拜起居表回

〔唐〕许浑

一章西奏拜仙曹[1]，回马天津北望劳。
寒水欲春冰彩薄，晓山初霁雪峰高。
楼形向日攒飞凤，宫势凌波压抃鳌[2]。
空锁烟霞绝巡幸，周人谁识郁金袍。

注释

[1] 仙曹：唐代尚书省各部郎中、员外郎美称仙郎，故属下各部曹惯称仙曹。
[2] 抃鳌：指大龟背负蓬莱之山在沧海中抃舞，形容欢舞的情状。典出《楚辞·天问》："鳌戴山抃，何以安之？"东汉王逸注："鳌，大龟也，击手曰抃。《列仙传》曰：'有巨灵之鳌，背负蓬莱之山而抃舞，戏沧海之中，独何以安之乎？'"

◎赭黄袍

赭黄袍是一种赤黄色的袍服，为天子所穿的袍服，也作"郁金袍""柘黄袍"。

赭黄袍始于隋文帝。皇帝、大臣都喜欢穿黄袍，甚至平民也爱穿。如《隋书·礼仪志》中记载："百官常服，同于匹庶，皆着黄袍，出入殿省"。唐代延续了隋代的习惯，唐贞观年间规定：皇帝常服，因隋旧制，用折上巾、赤黄袍、六合靴。

也正是因为皇帝常穿着此服，为了避讳，朝廷开始明令禁止臣民穿着赤黄色的衣服。《新唐书·车服志》载："至唐高祖，以赭黄袍、巾带为常服……既而天子袍衫稍用赤、黄，遂禁臣民服。"

菩萨蛮·回文 [1] 夏闺怨

〔宋〕苏轼

柳庭风静人眠昼，昼眠人静风庭柳。香汗薄衫凉，凉衫薄汗香。
手红冰碗藕，藕碗冰红手。郎笑藕丝长 [2]，长丝藕笑郎。

注释

[1] 回文：一种诗歌体裁。诗句中的字词，回旋往复读之都能成义可诵。
回文诗词有多种形式，本篇为"双句回文"，即下一句为上一句的回读。
[2] 藕丝长："藕"谐音"偶"，"丝"谐音"思"，此语象征情意绵长。

◎白衫

　　衫出现于魏晋时期，是一种没有衬里的单衣，多用轻薄的纱罗制成。白衫，顾名思义，就是白色的单衣。唐代时，白衫在士人之间流行，作为便服穿着，因其多是以白色纻罗制成，故而得名。

　　宋代的白衫也称"凉衫"，在当时尤为盛行，男女皆可穿着。白衫的款式多为较宽大的衫状，通常是套在朝服外面穿用的。士大夫们多把白衫作为便服，既舒适，又方便。而女子则常在乘骡骑马时穿着白衫，给人一种洒脱之感。

　　宋乾道年间，朝廷认为白衫的颜色与凶服的颜色类似，为避讳而以紫衫代替。由此，白衫也就成了丧服的一种，只在服丧期间穿着。

鹧鸪天·豆蔻梢头春意浓

〔宋〕张孝忠

　　豆蔻梢头春意浓。薄罗衫子柳腰风。人间乍识瑶池似，天上浑疑月殿[1]空。

　　眉黛小，鬓云松。背人欲整又还慵[2]。多应[3]没个藏娇处，满镜桃花带雨红。

注释

[1] 月殿：月亮上的宫殿，即广寒宫。

[2] 慵：懒散困倦。

[3] 多应：总是。

◎薄罗衫子

薄罗衫子，是夏衣的一种，通常用纱罗制成，因其质地轻薄透明而得名。薄罗衫子一般做成对襟，衣袖相连，两袖宽博，没有系带，也没有扣子，颈部外缘重叠制着护领，在衣服的领、袖、大襟的边缘部分、腰部和下摆部位分别镶边或绣有装饰图案，也有采用印金、刺绣和彩绘工艺的。

薄罗衫子在晚唐五代时候较为流行，多用于宫娥贵妇，尤其在南方十分常见。女子穿着后肌肤会若隐若现，十分美丽。五代后唐庄宗《阳台梦》曰："薄罗衫子金泥缝，因纤腰怯铢衣重。"足见这种服饰轻而薄的特点。

聂将军歌

〔清〕黄遵宪

聂将军，名高天下闻，虬髯虎眉面色赭，河朔将帅无人不爱君。

燕南忽报妖民起，白昼横刀走都市，欲杀一龙二虎三百羊，是何鼠子乃敢尔？

将军令解大小团，公然张拳出相抵，空拳冒刃口喃喃，炮声一到骈头死。

忽来总督文，戒汝贪功勋。

复传亲王令，责汝何暴横。

明晨太后诏，不许无理闹。

夕得相公书，问讯事何如？

皆言此团忠义民，志灭番鬼扶清人；

复言神拳斫不死，自天下降天之神。

国人争道天魔舞，将军墨墨泪如雨。

呼天欲诉天不闻，此身未知死谁手，又复死何所？

大沽昨报炮台失，诏令前军作前敌。

不闻他军来，但见聂字军旗入复出。

雷声呺呺起，起处无处觅。

一炮空中来，敌人对案不能食。

一炮足底轰，敌人绕床不得息。

朝飞弹雨红，暮卷枪云黑。

百马横冲刀雪色，周旋进退来夹击。

黄龙旗下有此军，西人东人惊动色。

敌军方诧督战谁，中使翻疑战不力。

此时众团民，方与将军仇。

阿师黄马褂，车前鸣八驺 [1]。

大兄翠雀翎，衣冠如沐猴。

亦有红灯照，巾帼羸兜鍪 [2]。

昨日拜赐金，满车高瓯窭。

京中大官来，神前同叩头。

懿旨五六行，许我为同仇。

奖我兴甲兵，勉我修戈矛。

将军顾轻我，将军知此不?

军中流言各哗噪，作官不如作贼好。

诸将窃语心胆寒，从贼容易从军难。

人人趋叩将军辕，不愿操兵愿打拳。

将军气涌偏 [3] 传檄，从此杀敌先杀贼。

将军日午罢战归，红尘一骑乘风驰。

跪称将军出战时，阗门众多偻罗儿，排墙击案拖旌旗，嘈嘈杂杂
纷指挥。

将军之母将军妻，芒笼绳缚兼鞭笞。

驱迫泥行如犬鸡，此时生死未可知。

恐遭毒手不可迟，将军将军宜急追!

将军追贼正驰电，道旁一军横路贯。

齐声大呼聂军反，火光已射将军面。

将军左足方中箭，将军右臂几化弹。

是贼是兵纷莫辨，黄尘滚滚酣野战。

将军麾军方寸乱，将军步曲已云散。

将军仰天泣数行，众狂仇我谓我狂。

十年训练求自强，连珠之炮后门枪。

秃襟小袖镫鞑装，番身汉心庸何伤？

执此诬我谗口张，通天之罪死难偿，我何面目对我皇？

外有虎豹内豺狼，警警犬吠牙强梁，一身众敌何可当？

今日除死无可望，非战之罪乃天亡。

天苍苍，野茫茫，八里台作战场，赤日行空飞沙黄。

今日被发归大荒，左右搀扶出裹疮。

一弹掠肩血滂滂，一弹洞胸胸流肠。

将军危坐死不僵，白衣素冠黑裲裆。

几人泣送将军丧，从此津城无人防。

将军母，年八十，白发萧骚何处泣？

将军妻，是封君，其存其殁家莫闻。

麻衣草屦色憔悴，路人道是将军子。

欲将马革裹父尸，万骨如山堆战垒。

注释

[1] 八驺：古代达官贵人出行，有八卒骑马前导，称"八驺"。

[2] 兜鍪（dōu móu）：古代战士戴的头盔。又借指战士。

[3] 偏：疑有误，应为"遍"。

◎马褂

马褂亦称 "短褂" 或 "马墩子"，男女皆可穿用，是一种穿于袍服外的短衣，衣长至脐，袖仅遮肘，满语叫"鄂多赫"，因其穿着起来便于骑马而得名。

清代初期，马褂只限于八旗士兵穿用，直到康熙雍正年间，才开始在社会上流行。至雍正后，马褂已甚为流行，并逐渐发展成单、夹、纱、皮、棉等服装，成为男式便衣，士庶都可穿着。长袍马褂俨然成了清代男子非常典型的服装。

但马褂的穿着也是有限制的，其中有一种颜色不能随便使用，那就是黄色。黄马褂在清代服饰中的地位十分特殊，虽然皇帝本身并不穿黄马褂，但其在民间是禁止穿用的。皇亲贵族和文武百官一般都不会穿黄马褂，除非是皇帝御赐后才会穿着。

清末时，不论身份地位，内穿长袍或长衫、外套黑色暗花纹对襟马褂成为流行，这种装束俨然已经演变成一种礼仪性的服装，显得文雅大方。民国元年，北洋政府在《服制案》中，将长袍马褂列为男子常礼服之一，而民国十八年，国民政府在《服制条例》中再次将蓝长袍、黑马褂列为"国民礼服"。马褂曾被列为礼服之一。

20世纪40年代后，马褂逐步被摈弃，后来经过改良的马褂又以"唐装"的名称重新回到人们的视野中。

闺怨

〔唐〕高骈

人世悲欢不可知，夫君[1]初破黑山[2]归。
如今又献征南策[3]，早晚催缝带号衣。

注释

[1] 夫君：妻子称呼丈夫。
[2] 黑山：即呼延谷，在今陕西榆林西南，是唐初裴行俭大破突厥余部的地方。
[3] 策：计谋，谋略。

◎号衣

　　号衣，也称"号褂"，是旧时差役或兵丁所穿的统一服装。该衣服通常做成背心样式，穿在上衣的最外层，胸背前后做一圆圈，内有部队的番号，因此得名。

　　明清时期，号衣特指一种兵勇所穿背心，胸背处有字号，穿着时通常罩在普通衣服外面。清代姚廷遴《姚氏纪事编》引胡祖德《胡氏杂抄》载："明季兵勇，身穿大袖布衣，外披黄布背心，名曰号衣。"

　　清代的号衣与此相似，除了番号，也以颜色辨别部队编制。清代灭亡后，号衣也随之消失。

雪中解衣赠友人子

〔清〕傅作楫

失路^[1]王孙卖宝刀，西风滚滚雪如毛。
别君万里无相赠，亲解牛绒罩甲袍。

注释

[1] 失路：比喻人不得志。

◎罩甲	罩甲，也称"齐肩"。《戒庵漫笔》云："罩甲之制，比甲稍长，比袄减短，正德间创自武宗，近日士大夫有服者。"罩甲始于明武宗时期，是一种外穿的褂子，一般以纱罗纻丝制作而成，圆领、短袖或无袖，下长过膝盖，穿着时罩在窄袖衣外。明代刘若愚《酌中志·内臣佩服纪略》载："罩甲，穿窄袖戎衣之上，加此束小带，皆戎服也。"
	明代的罩甲一般有两种样式：一种是对襟式，无袖或短袖，衣身两侧及后部开裾，便于骑马等。另一种是非对襟式的，士大夫均可穿用。随着使用范围的扩大，罩甲的款式也越来越多样，除了缀有甲片的戎装罩甲外，还有纯用织物制作的外套式罩甲，并饰以华丽的纹样。
	清代的罩甲也叫作"对襟衣"，是外套的一种。明末顾炎武《日知录·对襟衣》载："今之罩甲即对襟衣也。"清代王应奎《柳南续笔·罩甲》载："今人称外套亦曰罩甲。"

边词二十六首·其十三

〔明〕徐渭

汉军争看绣裲裆^[1]，十万弯弧^[2]一女郎。
唤起木兰亲与较，看他用箭是谁长？

注释

[1] 绣裲裆：指绣花背心。
[2] 弯弧：弯弓，拉弓。

◎裲裆

裲裆，又称"两当"，是古代的一种背心，原是北方少数民族服饰，多为布帛所制。裲裆的形制比较简单，分为前后两个部分，肩部有两条系带连接，腰间用皮革系扎，短身，无袖。《释名·释衣服》载："裲裆，其一当胸，其一当背，因以名之也。"《释名·疏证补》载："今俗谓之背心，当背当心，亦两当之义也。"

两汉时，裲裆仅用做内衣，多为女性穿着。西晋末年，裲裆在中原地区流行，成为穿在外面的便服，即"裲裆衫"，且男女皆可穿。裲裆服既可护着胸背，衣身又比较短，方便活动。妇女穿着时，常会在上面饰以采绣。

南北朝时，裲裆的穿用更加普遍。北魏迁都洛阳后，裲裆衫更是被作为正装、朝服纳入等级体系中。

随着裲裆服的普遍，后来还逐渐演化出了军戎服饰——裲裆铠。裲裆铠的材料以金属为主，也有兽皮制作，最早出现于西晋时期，在南北朝时，已经成为军队的主要装备。金属甲片裲裆铠，武士穿着时，里面会衬上较厚实的裆衫，以保护皮肤。隋唐时，裲裆衫作为朝服，文武官吏仍有穿用。至宋太祖建隆年间，依然有文武官吏穿着裲裆的记录。到元代时，裲裆成为军装款式之一，为护身的战甲。到了明代时，已无裲裆之制的记载。

裲裆有厚、薄之分。一般厚裲裆内夹丝絮，即夹裲裆。这种夹裲裆不仅贴身保暖，而且不增加衣袖的厚度，有利于手臂活动。夹裲裆也是棉背心的最早形式。

此外，裲裆这种服装款式对后世的影响也是十分深远的。后世出现的褙子、半臂、马甲以及清代的马褂，都受到了裲裆的形制影响。

贞女行

〔清〕彭玉麟

衡山深而幽，湘水净而绿。

山幽何足奇，水净何足录。

此中毓秀灵，女贞森朴樕。

马冯旧朱陈，儿女新如玉。

丝罗结丝罗，朱绳牢系足。

亲友偕欢欣，共道姻缘夙。

公子佳翩翩，文采光离陆。

鸾交已定期，无何乘凤卜。

二竖忽为灾，阿郎疾危蹙 [1]。

修文赴玉楼，红丝命难续。

噩耗来女家，父母各瞠目。

女已测知之，趋向膝前伏。

哽咽低致词，女自知薄福。

双亲为女心，百身莫能赎。

曾读柏舟篇，毋使歌黄鹄。

前闻郎疴沉 [2]，女已思之熟。

许女归始平，百苦甘茕独。

否则不求生，但求命绝速。

阖家苦难言，悲伤惨骨肉。

父信女心坚，母知女志笃。

唯唯各相应，女起身反屋。

脱却锦绣襦，登舆去匆促。

血泪入冯门，即易斩衰服。

父母偕弟昆，奔送多姻族。

惨目最伤心，捧主拜花烛。

观者千百人，同声齐一哭。

嗟嗟彼美姝，至情自有属。

谁说古共姜，今世睹难复。

谁说劲草无，扶风有贞木。

志同金石坚，从绳不能曲。

心同冰雪清，飞尘不能黩。

鬼神为之欣，天地为之肃。

冯郎木主成，往拜我斋宿。

名教古今尊，理难语流俗。

不吊而往贺，庶几有感触。

广文诸先生，名篇灿绮縠。

黄堂太守贤，彤管扬清馥。

御史大中丞，缘情申奏牍。

飞骑达天庭，褒嘉无愧恧 [3]。

纶綍 [4] 颁煌煌，绰楔竖矗矗。

百年虽苦心，千秋留芳躅。

坚贞自不磨，劲节谁与角。

青青衡山松，猗猗湘水竹。

注释

[1] 危蹙：危迫，紧迫。

[2] 疴（kē）沉：病重。

[3] 愧恧（nǜ）：惭愧。

[4] 纶綍（fú）：典出《礼记·缁衣》："王言如丝，其出如纶；王言如纶，其出如綍。"后世遂用"纶綍"指皇帝圣旨。纶，丝线。綍，同"绋"，牵引棺柩的绳索。

◎斩衰

斩衰，丧服名。西周时期，针对尊卑、长幼、男女、亲疏的不同，逐渐形成了一套丧服制度。丧服制度共分为斩衰、齐衰、大功、小功、缌麻五种服制。斩衰是"五服"中最重的丧服，列位一等。衣和裳分制，用最粗的生麻布制作，衣缘部分用毛边。斩衰因断处外露不缉边而得名。当胸有一方麻布，含"居丧悲哀，心力当衰"之意。丧服上衣叫"衰"，因称"斩衰"。表示毫不修饰以尽哀痛，服期三年。着斩衰时，头上扎六尺长的白布巾，直垂背后，并系以麻丝，俗谓"直披"。鞋前蒙以白布，毛口凸出。

古代，诸侯为天子，臣为君，男子及未嫁女为父，承重孙（长房长孙）为祖父，妻妾为夫，均服斩衰。至明、清，子及未嫁女为母，承重孙为祖母，子妇为姑（婆），也改齐衰三年为斩衰。女子服斩衰，必须以生麻束起头发，梳成丧髻。实际服期约两年余，多为二十五个月除孝。《礼记·丧服小记》言："斩衰括发以麻。"《清史稿·礼志十二》言："斩衰三年，子为父、母；为继母、慈母、养母、嫡母、生母；为人后者为所后父、母；子之妻同。女在室为父、母及已嫁被出而反者同；嫡孙为祖父、母或高、曾祖父、母承重；妻为夫，妾为家长同。"

署荥阳教谕永昌举人周绍稷连遭二丧归道遇于滇为赋此

〔明〕庞嵩

驱车出滇左，道旁式齐衰。
棘挛眷容墨，黯惨令心哀。
停车急前步，问子从何来。
云是永昌产，奔奔蜀中回。
忆昔乃父翁，蹑足青云垓。
鸣琴播遗响，振铎群英才。
刑于拟述德，胆丸亦滋开。
闵子绍泮涣 [1]，接武鞭驽骀 [2]。
春官弃桃李，荥阳藉深培。
青毡席亦暖，白发颜双颓。
昊天杳何极，北风吹崔嵬。
心折道路长，靡靡行且猜。
披襟诉明府，泪血倾河隈。
予闻转酸恻，欲语徒邅回 [3]。
为子废蓼莪 [4]，且陟阿丘台。

注释

[1] 泮涣（pàn huàn）：涣散。
[2] 驽骀（tái）：劣马。
[3] 邅回：徘徊不进，回转。
[4] 蓼莪：长大的莪蒿。蓼，长大的样子。莪，草名，又名萝，萝蒿、莪蒿、廪蒿。多生在水边，嫩叶可食。

◎齐衰

齐衰，在"五服"中第二重的服制，形制与斩衰基本相同，采用衣裳分制，用粗疏的麻布制成。与斩衰的毛边不同，齐衰的衣缘部分缝制较整齐，故称"齐衰"。着齐衰时，头上扎白布巾，横垂于肩际，并系以白线，俗谓"横披"。鞋前蒙白布，无毛口，尺寸也较短。

齐衰的具体服制和穿着时间依据与死者的亲疏关系而定，具体分四个等级：齐衰三年，齐衰杖期，齐衰不杖期，齐衰三月。《礼记·檀弓下》载："子张死，曾子有母之丧，齐衰而往哭之。或曰：'齐衰不以吊。'曾子曰：'我吊也与哉？'"

服齐衰的风俗一直延续到民国初年。

遣兴五首·其五

〔唐〕杜甫

朝逢富家葬，前后皆辉光 [1]。
共指亲戚大 [2]，缌麻百夫行 [3]。
送者各有死，不须羡其强。
君看束练去，亦得归山冈。

注释

[1] 辉光：形容葬仪盛大。
[2] 亲戚大：指亲戚众多。
[3] 百夫行：指送葬的人众多。

◎缌麻

　　缌麻，亦称"麻衰"，是"五服"中最轻的一种。用精细的熟麻布制成，衣裳分制，四缘及袖口均缝边，布质也更细，或兼有丝麻，故称。在商周时期便有此服饰制度，汉代刘熙《释名·释丧制》载："缌，丝也，绩麻细如丝也。"

　　缌麻的服期为三个月，《仪礼·丧服》云："缌麻三月者"。凡是为族曾祖父、族祖父母、族父母、族兄弟，为外孙、甥、婿、岳父母、舅父等服丧，皆用此服。另外，朋友之间吊唁也可用缌麻。

出师讨满夷自瓜州至金陵

〔明〕郑成功

缟素临江誓灭胡 [1]，雄师十万气吞吴。

试看天堑 [2] 投鞭 [3] 渡，不信中原不姓朱。

注释

[1] 胡：我国古代泛指北方边地与西域的民族为胡，后也泛指一切外国为
胡。此处指清人和清政权。

[2] 天堑：天然的壕沟。此处指长江。

[3] 投鞭：即"投鞭断流"，典出《晋书·苻坚载记》："以吾之众，投
鞭于江，足断其流。" 此处是形容军士众多，声势浩大，也表现了必胜
的信念。

◎缟素

缟素是一种用素麻布制成的丧服，但不在五服之内，先秦时就已有之。《楚辞·九章·惜往日》曰："思久故之亲身兮，因缟素而哭之。"缟素一般为圆领，长袖，直身，前有开衩，衣长过膝。缟素作为丧服的一种，并没有严格的服制，因而逐渐成为白色丧服的代称。《新唐书·李密传》载："诏归其尸，乃发丧，具威仪，三军缟素，以君礼葬黎阳山西南五里，坟高七仞。"明末清初的诗人吴梅村在《圆圆曲》中还有"恸哭六军皆缟素，冲冠一怒为红颜"的句子。这里的缟素皆是单纯指白色的丧服，并没有明确的丧服样式或服期的规定。

关于缟素，还有一个"缟素伐楚"的小故事：秦末楚汉争霸期间，项羽违背"先入关中者王之"的约定，在江中弑杀了义帝，并把刘邦赶到了偏僻的汉中。刘邦决定与项羽彻底撕破脸，行军至洛阳时，新城三老董公拦住了刘邦，进言道："臣听说'顺德者昌，逆德者亡。'大王您如果师出无名，那就很难成功啊。如今项王杀了义帝，这是大逆不道之举，那他就是天下百姓的贼子。大王应该利用这个机会，率三军将士，身着丧服，向各路诸侯宣告讨伐项羽。如此，四海之内无不仰望大王您的仁德。这才是三王之举啊。"刘邦听后，心中一颤："先生这一番话，真是令人茅塞顿开，先生说的极是啊。"于是，刘邦立即改变策略，为义帝发丧，自己光着膀子痛哭，让三军全部服缟素举孝，哀临三日。同时，遍告天下诸侯说："天下共同推立的义帝，却被项羽杀害，希望各位诸侯王，一起讨伐杀死义帝的楚国项羽。"号令一出，诸侯王纷纷投靠到刘邦阵营，最终助力刘邦打败项羽，一统天下。

过华清宫二十二韵

〔唐〕温庭筠

忆昔开元日，承平事胜游。

贵妃专宠幸，天子富春秋。

月白霓裳殿，风干羯鼓楼。

斗鸡花蔽膝，骑马玉搔头。

绣毂千门妓，金鞍万户侯。

薄云敧雀扇，轻雪犯貂裘。

过客闻韶濩[1]，居人识冕旒。

气和春不觉，烟暖霁难收。

涩浪和琼瑬，晴阳上彩斿[2]。

卷衣轻鬓懒，窥镜淡蛾羞。

屏掩芙蓉帐，帘褒玳瑁钩。

重瞳分渭曲，纤手指神州。

御案迷萱草，天袍妒石榴。

深岩藏浴凤，鲜隰媚潜虬。

不料邯郸虱，俄成即墨牛[3]。

剑峰挥太皞，旗焰拂蚩尤。

注释

[1] 韶濩（hù）：泛指庙堂、宫廷音乐或雅正的古乐。韶，虞舜时乐名。濩，商汤时乐名。

[2] 彩斿（liú）：犹彩旗，指皇帝的仪仗。斿，古代旌旗上的装饰物。

[3] 即墨牛：比喻难以抵挡的敌人。此处指安史叛军。

内嬖[4]陪行在[5]，孤臣预坐筹。

瑶簪遗翡翠，霜仗[6]驻骅骝。

艳笑双飞断，香魂一哭休。

早梅悲蜀道，高树隔昭丘。

朱阁重霄近，苍崖万古愁。

至今汤殿水，呜咽县前流。

[4] 内嬖：此处指皇帝的妃子。嬖，受宠爱的人。

[5] 行在：此处指马嵬驿。

[6] 霜仗：闪耀兵刃寒光的仪仗。此处指皇帝的扈从部队。

◎蔽膝	蔽膝是古代中原地区一种男女皆用的服饰，自商周时代就已有之。古人穿衣服时，在肚围前加一条像裙一样的袆，系在大带上，可以遮盖大腿至膝部，因此又叫作"蔽膝"。《说文》曰："袆，蔽膝也。"《方言》曰："蔽膝，江淮之间谓之袆，自关东西谓之蔽膝。"冕服上所用的蔽膝也称为"芾"，为帝王、诸侯及卿大夫所穿用。 　　蔽膝是古代遮羞物的遗制，一般用锦、皮革制成，属于古代下体之衣，是一种上窄下宽，底部呈斧形的条状装饰物，穿用时系配在革带之上，垂于膝前。蔽膝与围裙不同，其制稍窄，且穿用时不能直接系在腰上，而是要拴在大带上，作为一种装饰。 　　蔽膝与佩玉在先秦时都是区别尊卑等级的标志，至秦代时废除，代之以佩绶制度。

躬耕藉田^[1] 诗

〔宋〕夏竦

广阼承严享，东廛错上仪。
纁裳拂黛耜，彩缫映红糜。
内宰登嘉种，余夫列缥陂，
游场玉趾远，尽陇绀辕迟。
蔍蔉^[2] 训农穑，馨香供帝粢。
匪今方介祉，敢续载芟诗。

注释

[1] 藉田：古代帝王亲自耕种的小块农田。
[2] 蔍蔉（biāo gǔn）：耕耘和培土。蔍，通"穮"，耕耘除草。

◎纁裳

纁裳，浅绛色之裳，是贵族朝祭时所穿的祭服。纁裳始于周代，与玄衣搭配穿用，后世多以玄衣纁裳为士之祭服。

玄衣纁裳，是古代用于祭祀的一种礼服。古代人们认为天地玄黄，所以玄衣纁裳就是上衣为赤黑色，下裳为赤绛色而微黄，象征着宇宙天地的颜色。

玄衣纁裳是冕服的主体，上玄衣为交领右衽，大袖垂垂。玄衣的袖口（袂）有装饰性的衣缘。上衣与下裳连接处以大带、革带相连。下纁裳前有韍（蔽膝），即为从腰带垂下的衣物，用于遮蔽膝盖，裳下有裙裾。衣裳皆绣有不同的章纹，用以区别尊卑等级。最高等级的章纹为"十二章纹"，即衣上绘日、月、星辰、山、龙、华虫，称"上六章"；裳上绣宗彝、藻、火、粉米、黼、黻，称"下六章"。

玄衣纁裳的服制始于商周，《诗经·周颂·丝衣》云："丝衣其紑。"唐孔颖达疏："爵弁之服，玄衣纁裳，皆以丝为之。"按照周代的礼仪规定，天子、公卿、士大夫参加祭祀时，必须身着冕服，头戴冕冠。根据不同的祭祀场合，随祭者要根据自己的身份穿着相应的冕服。冕服均为玄衣纁裳，只是在冠冕的旒数和玄衣纁裳的章纹种类及数量上有所区分。例如，帝王在最隆重的场合下，穿绘绣十二章纹的冕服，冕旒为十二旒。随祭的公卿、侯伯会随帝王所用章纹和冕旒多少而递减。

玄衣纁裳的服制在后世多有变化，主要体现在章纹和色彩的改动上。至清代时，这种服饰制度被废除。

壁间韵·选一

〔宋〕赵崇鉘

雨又入帘风又斜，东风吹客客思家。
浣纱西去谁家子，青绢[1]围裙[2]插杏花。

注释

[1] 青绢：青色的绢布。
[2] 围裙：围在身前用以遮蔽衣服或身体的裙状物。

◎围裙

　　围裙，是古代劳动妇女采桑或进行劳作时所穿着的服饰。一般是以一块大幅的方巾，围在腰部，下长过膝盖。或在方巾上缝制绳带，穿用时在颈部系扎。

　　围裙的形制早在商周时期就已出现，秦汉时沿袭此制，只是在称谓上有所不同。明清时多称作"围裙"，无论男女，在劳作时皆可穿用。今日人们在做饭、打扫卫生时也会围系围裙，以保护衣服免受油污、灰尘污染。

　　此外，围裙也是藏族人民喜爱的一种装饰品。藏族围裙已经有五六百年的历史了，西藏山南贡嘎县杰德秀区被称为"围裙之乡"，生产的围裙在西藏地区颇负盛名。藏族围裙一般长至膝下，上有各种彩色的横条图案，分宽纹和细纹两种。藏族围裙的织法也十分独特，多用羊毛织成，编织精密，美观大方。藏族妇女，无论老少，都喜欢将这种围裙束扎在腰间。原先西藏各地使用围裙的习惯不一样，有些地区只允许已婚女子束扎，有些地区则是从小就系。但如今，围裙早已成为藏族女子普遍使用的装饰品。每逢节日庆典，妇女们都会腰系围裙，一起欢歌起舞，十分艳丽。

秋夕

〔唐〕李咸用

寥廓[1]秋云薄，空庭月影微。
树寒栖鸟密，砌冷夜蛰[2]稀。
晓鼓军容肃，疏钟客梦归。
吟余何所忆，圣主尚宵衣。

注释

[1] 寥廓：同"辽阔"，指天空高远空旷。

[2] 蛰：蟋蟀。

◎宵衣	宵衣，指的是一种黑色帛服，周代时通常为男子所穿，妇人助祭时也可穿着。《仪礼·士昏礼》言："姆纚笄宵衣，在其右。" 郑玄注："宵读为《诗》'素衣朱绡'之'绡'。《鲁诗》以绡为绮属也。"《仪礼·特牲馈食礼》言："主妇纚笄宵衣，立于房中，南面。"郑玄注："宵，绮属也。此衣染之以黑，其缯本名曰宵……凡妇人助祭者同服也。" 　　一说"宵衣"即"绡衣"，指质地轻薄的衣服，以各色绢、纱等织物制成。《太平广记·灵怪集》载："其衬体轻红绡衣，似小香囊，气盈一室。"

太皇太后挽歌词二首·其二

〔宋〕司马光

四纪^[1]袆衣盛，两朝长乐尊。
九洲贡甘旨^[2]，万乘^[3]问晨昏。
明辟归元子，嘉谋赉^[4]孝孙。
群生资后土，难答化光恩。

注释

[1] 四纪：四十八年。古代以太岁（木星）纪年，太岁环绕地球一周大约十二年，称为一纪。
[2] 甘旨：养亲的食物。
[3] 万乘：指帝王。
[4] 赉：赏赐，给予。

◎袆衣

　　袆衣是古代王后、命妇所穿着的祭服，为后妃六服之一，位居诸服之首，是"三翟"中最隆重的一种，其地位相当于帝王的冕服，在伴随帝王祭祀先王时服用。《释名·释衣服》言："王后之上服曰袆衣，画翚雉之文于衣也。伊洛而西，雉青质，五色备，曰翚也。"

　　袆衣最早见于周代，《周礼·天官·内司服》载："掌王后之六服，袆衣，揄狄，阙狄，鞠衣，展衣，缘衣，素纱。"周代的袆衣，颜色以黑色为底，以彩绘翚雉图案镶缀，整体采用上下连属的袍制，寓意专一。此外，由于袆衣是极为隆重的正式礼服，穿着起来十分繁杂，有着一系列玉制配套的服饰，如"内衬素纱中单，蔽膝、大带等一应俱全。腰间则系以白玉双佩即大小组绶……"

　　后代基本沿用了周代的形制，略有变化，但一直都是作为最高形制的礼服存在的。隋代时，皇后的袆衣以深青色为底，领、袖用织成五彩翚翟纹饰，只在重大场合才会穿用。宋代时，袆衣依旧以深青色为底，上绣有五彩雉纹，边缘处用红紫色锁边，两袖宽广，两幅前襟在胸前交叉，分五色十二等，为皇后受册封以及参加元旦大朝会时所穿。入清后，袆衣便逐渐被废止了。

勾践夫人歌

〔宋〕赵文

君为王，我为后，结发相从期白首。
君为奴，我为婢，人间反覆何容易。
为婢不离家，为奴去适吴。
死生未可测，离别在斯须 [1]。
君谓妾勿悲，忍耻乃良图。
自怜儿女情，能不啼乌乌。
仰看庭前树，一岁一荣枯。
与君若有重荣日，匆匆未可弃褕翟 [2]。

注释

[1] 斯须：须臾，片刻。形容很短的时间。
[2] 褕翟：指古代王后从王祭祀先人时的礼服。

◎揄狄

揄狄，又称作"褕翟""褕狄""揄翟""鹞翟"，是古代王后祭祀时所穿着的祭服，三翟之一，是仅次于袆衣的礼服。因衣上缀有长尾雉阙形为饰，故称。《诗经·鄘风·君子偕老》中有"玼兮玼兮，其之翟也"，描述的便是卫君夫人卫宣姜华美的揄翟礼服。

《周礼·天官·内司服》载："掌王后之六服，袆衣，揄狄，阙狄，鞠衣，展衣，缘衣，素纱。"郑玄注："狄当为翟。翟，雉名……江淮而南，青质，五色皆备成章，曰摇。王后之服，刻缯为之形而采画之，缀于衣以为文章。袆衣画翚者，揄翟画摇者，阙翟刻而不画，此三者皆祭服。从王祭先王则服袆衣，祭先公则服揄翟，祭群小祀则服阙翟。"

按照周礼的规定，揄狄的形制为袍制，面料用青色，夹里用白色，刻缯并彩画摇文。唐宋以后，揄狄被确立为九行翚翟纹。按唐书记载，褕翟是皇太子妃受册，祭奠和参加朝会等大型事务时的礼服。明代时，揄狄是作为皇太子妃的最高礼服。到了清代，由于统治者推行满族服饰，揄狄不再被穿用，便逐渐消失。

揄狄服制对朝鲜、琉球等周边国家也产生了深远影响。揄狄是朝鲜王朝地位最高女性的服饰，多作为宫中大礼服穿用。同时，揄狄也是琉球国王妃的最高礼服。

南郊大礼诗十首·其一

〔宋〕王禹偁

圣君重卜祀南郊，仗用黄麾间白旄[1]。
仙吹冷翻苍玉佩，晓霞晴透绛纱袍。
天开兜率[2]斋宫静，海涌蓬莱帐殿高。
迁客生还知有望，商山不敢读离骚。

注释

[1] 白旄：古代的一种军旗，竿头用牦牛尾装饰。
[2] 兜率：兜率天，佛教称"欲界"的第四天，其内院是弥勒菩萨的净土，外院是天上众生居住之处。这里人人都能知足快乐。

◎绛纱袍

绛纱袍，顾名思义，为深红色的纱制袍服，又称"朱纱袍"。绛纱袍在古代常常用于帝王、百官的朝服，是仅次于衮冕的服饰。通常与白纱冠、白纱中单（内衣）、白裙襦、绛纱蔽膝、白袜、黑舄等配用。

绛纱袍的形制一般为交领大袖，下长及膝。以宋代皇帝在重大典礼所穿着的绛纱袍为例，其颈项下垂白罗方心曲领，做成项圈下垂方锁状，附在外衣的胸前，纱袍用绛色，衬里用红色，下着纱裙及蔽膝通常也用绛色，同时领、袖、襟、裾等皆滚以黑边。

绛纱袍最早起源于周代，《墨子·公孟篇》里记载："昔者楚庄王，鲜冠组缨，绛衣博袍，以治其国，其国治。"但此时的绛纱袍只是初具形制，并没有被定为朝服。到了汉代时，汉明帝制定朱衣朝服，绛纱袍才被规定为朝服。后世朝服则多在汉代的形制基础上做一些改变。《通典·卷六十一》载："魏氏多因汉法，其所损益之制无闻。晋……朝服、通天冠、绛纱袍。"隋唐时依然沿袭，宋元明亦然。直到清代时，这一形制才被废除。但清代的朝服仍旧吸收了汉族帝王服饰的色彩和章法纹饰。

素描—绛纱袍

圣君重卜祀南郊，仗用黄麾间白旄。
仙吹冷翻苍玉佩，晓霞晴透绛纱袍。

——〔宋〕王禹偁

别严士元

〔唐〕刘长卿

春风倚棹阖闾城[1]，水国[2]春寒阴复晴。
细雨湿衣看不见，闲花落地听无声。
日斜江上孤帆影，草绿湖南万里情。
东道[3]若逢相识问，青袍今已误儒生[4]。

注释

[1] 阖闾城：苏州城，相传春秋时伍子胥为吴王阖闾所筑。
[2] 水国：水乡。
[3] 东道：东道主，指严士元。
[4] 儒生：作者自指。

◎青袍

青袍也称"青衣""青服",是唐代公服中等级最低的服饰,多用以代称品级低的官吏。唐代杜甫在《徒步归行》中言:"青袍朝士最困者,白头拾遗徒步归。"白居易在《琵琶行》中言:"座中泣下谁最多,江州司马青衫湿。"这里的"青袍""青衫"都是对这种公服的描述。

明代时,皇帝在忌辰、丧礼期间或谒陵、祭祀等场合都会穿着青色圆领袍服。

辇下曲一百二首·选一

〔元〕张昱

只孙[1]官样青红锦，裹肚圆文宝相珠。
羽仗执金班控鹤，千人鱼贯振嵩呼。

注释

[1] 只孙：即质孙服。

◎质孙服

质孙服，是蒙元时代大汗颁赐的统一颜色的礼服，又称只孙、济逊，在蒙古语中是颜色的意思。汉语译作"一色衣""一色服"，明朝称"曳撒""一撒"。《元史·舆服志一》言："质孙，汉言一色服也，内庭大宴则服之。"

质孙服的形制是上衣连下裳，与"深衣"形似，衣式较紧窄且下裳亦较短，在腰间作密密麻麻的褶裥，再将红紫丝线横在腰际，并在其衣的肩背间贯以大珠。

质孙服本来是戎服，便于骑射，因其轻便实用，华丽美观，后演变为元朝内廷大宴时的官服。上至天子、大臣，下至普通乐工、卫士都可以穿着质孙服。这种礼服，按身份地位、依据精粗之别，严分等级。天子质孙冬服十一等，夏服十五等，其他百官的质孙服则夏服有十四款定色、冬服分九等定色。

质孙服从戎服发展到国宴礼服，其形制也发生了变化。特别是王公贵族们，其所穿着的质孙服不再局限于戎服的款式，而是以袍服的形式凸显华丽。这种袍服为放摆的直身袍，腰间束带，或者在袍服外再穿着半袖比肩，束大带。一般以青、红锦制作，并且衣、帽、腰带均装饰有珠翠宝石，做工十分精细。而普通卫士等所穿着的质孙服多承袭戎服的形制。

明朝时期，质孙服后被统治者直接利用，内臣、外廷都有穿着，并且和原本的汉服特点进行融合，开创其他形式，还赋予了新的名称，如麒麟服、飞鱼服。

四月十一日初食荔支 [1]

〔宋〕苏轼

南村诸杨北村卢，白华青叶冬不枯。
垂黄缀紫 [2] 烟雨里，特与荔子为先驱。
海山仙人绛罗襦，红纱中单白玉肤。
不须更待妃子笑，风骨自是倾城姝。
不知天公有意无，遣此尤物 [3] 生海隅。
云山得伴松桧老，霜雪自困楂梨粗。
先生洗盏酌桂醑，冰盘荐此赪虬珠 [4]。
似开江鳐斫玉柱，更洗河豚烹腹腴。
我生涉世本为口，一官久已轻莼鲈。
人间何者非梦幻，南来万里真良图。

注释

[1] 荔支：今作"荔枝"。
[2] 垂黄缀紫：指树枝上挂满了杨梅和卢橘。
[3] 尤物：此处指荔枝。
[4] 赪虬珠：此处指荔枝。

◎中单

中单，也称"中禅""中衣""里衣"，是古代的一种单衣。中单，起初叫作"中衣"，《礼记·郊特牲》载："绣黼丹朱中衣。"汉代郑玄注："绣黼丹朱以为中衣领缘也。绣读为绡。"孔颖达疏："中衣，谓以素为冕服之里衣。犹今中衣单也。"其形制为上下连属，但比深衣短，比后世的衬衣长，下摆不开衩，腰有缝，下裳分幅。中单一般以素纱制作而成，宽衣大袖，领、袖、襟、下摆饰有花纹图案，通常是配合冕服等重要礼服在祭祀、朝会、婚礼等重大场合穿用。《南齐书·舆服志》载："中衣，以绛缘其领袖，赤皮韨，绛袴袜，赤舄，郊庙临朝所服也。"自唐代后称为"中禅"，唐代颜师古注言："禅衣，至若今之朝服中禅也。"

元日早朝

〔唐〕王建

大国礼乐备，万邦[1]朝元正。

东方色未动，冠剑[2]门已盈。

帝居在蓬莱，肃肃钟漏清。

将军领羽林，持戟巡宫城。

翠华皆宿陈，雪仗罗天兵。

庭燎远煌煌，旗上日月明。

圣人龙火衣，寝殿开璇扃[3]。

龙楼横紫烟，宫女天中行。

六蕃倍位次，衣服各异形。

举头看玉牌，不识宫殿名。

左右雉扇开，蹈舞分满庭。

朝服带金玉，珊珊相触声。

泰阶[4]备雅乐，九奏鸾凤鸣。

裴回庆云中，竽磬寒铮铮。

三公再献寿，上帝锡永贞。

天明告四方，群后保太平。

注释

[1] 万邦：包括大唐之外的邦国，指观礼者，后文的"六蕃"同。

[2] 冠剑：代指文武百官。

[3] 璇扃：指玉饰的门户。

[4] 泰阶：借指朝廷。

◎龙火衣

　　龙火衣，即"龙衮"，又称"龙卷"，古代帝王之服。因衣上绣有山龙藻火的图案，故称。

　　《周礼·春官·司服》"享先王则衮冕"注引郑司农云："衮，卷龙衣也。"《礼记·礼器》："礼有以文为贵者，天子龙衮，诸侯黼，大夫黻，士玄衣纁裳。"天子龙衮的特点是盘领、右衽、黄色。龙衮的上衣一般画有山、龙、华虫、宗彝、藻五章；下裳绣有火、粉米、黼、黻四章。

第三篇　足服

· ZUFU

大雅·韩奕

〔先秦〕诗经

奕奕梁山，维禹甸之，有倬[1]其道。韩侯受命，王亲命之：缵戎祖考[2]，无废朕命；夙夜匪解，虔共尔位；朕命不易，干不庭方，以佐戎辟。

四牡奕奕，孔修且张。韩侯入觐，以其介圭，入觐于王。王锡韩侯，淑旂[3]绥章，簟茀[4]错衡，玄衮赤舄[5]，钩膺镂锡[6]，鞹鞃浅幭[7]，鞗革金厄[8]。

韩侯出祖，出宿于屠。显父饯之，清酒百壶。其殽维何？炰[9]鳖鲜鱼。其蔌[10]维何？维笋及蒲。其赠维何？乘马路车。笾豆有且[11]。侯氏燕胥。

注释

[1] 倬（zhuō）：高大，著名。

[2] 缵（zuǎn）：继承，继续。戎：你。祖考：祖先。

[3] 旂：古代旗帜的一种。上画交龙图案，竿头系铃。

[4] 簟茀（diàn fú）：车上用竹席做的篷。

[5] 赤舄：红色的鞋。舄，古代君王后妃以及公卿百官行礼时所穿的鞋。

[6] 钩膺镂锡（yáng）：古代与金路相配的马匹盛饰。锡，马额上的金属装饰物。又名当卢。

[7] 鞹（kuò）：用皮革包裹。鞃（hóng）：车轼中段用皮革包裹供人倚靠的地方。幭（miè）：车轼上的覆盖物。

[8] 鞗（tiáo）革：马辔头。鞗，马辔头上的装饰物，也指马缰绳。厄：通"轭"。

[9] 炰（páo）：烹煮。

[10] 蔌：蔬菜。

[11] 笾（biān）豆：笾和豆，古代的礼器。一为竹制，一为木制，笾盛果品，豆盛肉食，借指祭祀时的礼仪等。且（jū）：众多的样子。

韩侯取妻，汾王之甥，蹶父之子。韩侯迎止，于蹶之里。百两彭彭，八鸾锵锵，不显其光。诸娣从之，祁祁如云。韩侯顾之，烂其盈门。

蹶父孔武，靡国不到。为韩姞相攸，莫如韩乐。孔乐韩土，川泽讦讦[12]，鲂鱮[13]甫甫，麀鹿噳噳[14]。有熊有罴[15]，有猫有虎。庆既令居，韩姞燕誉。

溥彼韩城，燕师所完。以先祖受命，因时百蛮。王锡韩侯，其追其貊[16]。奄受北国，因以其伯。实墉实壑，实亩实藉。献其貔[17]皮，赤豹黄罴。

[12] 讦（xū）讦：广大的样子。
[13] 鲂鱮（xù）：两种鱼，比喻贤能的人才。鲂，鱼名，今名武昌鱼。鱮，鱼名，即鲢鱼。
[14] 麀（yōu）鹿：母鹿。噳（yǔ）噳：群聚的样子。
[15] 罴：熊的一种，又名马熊、人熊。
[16] 貊：古代对东北地区少数民族的称呼。
[17] 貔：传说中的猛兽名。似虎，或曰似熊。

◎赤舄

　　舄，是古代的一种双层底的礼鞋，为君王、后妃以及公卿百官行礼时所穿用，上层用布底，下层则另用木材做成一个托底，可以避免穿着者因长久站立而弄湿鞋底，十分适合郊外的祭祀活动。舄大约出现于商周时期，《释名·释衣服》载："复其下曰舄。舄，腊也。行礼久立地或泥湿，故木复其下，使干腊也。"君王及公卿所穿的舄一般有三种颜色，赤、白、黑，其中以赤舄为上。赤舄，也称为"朱舄""丹舄"。其中，君王的赤舄专用于冕服，王后的赤舄则专用于阙翟。《诗经·风·狼跋》曰："赤舄几几。"汉代毛氏传言："赤舄，人君之盛屦也。"

　　作为王公贵族用于祭祀庆典等场合的礼仪用鞋，赤舄的穿用在战国以后一度废弃，到汉代又重新恢复。据《后汉书·舆服志》记载："显宗遂就大业，初服旒冕，衣裳文章，赤舄绚屦，以祠天地。"汉唐宋明历代沿袭舄制，直至清代时，帝王百官及后妃命妇祭祀、朝会都改穿靴，遂废止。

素描——赤鸟

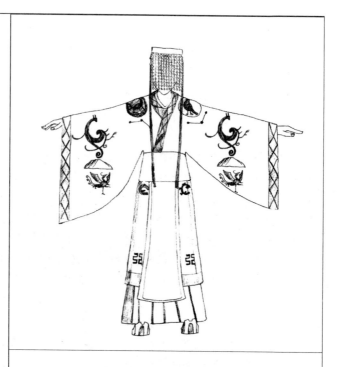

无废朕命。夙夜匪解，
虔共尔位，朕命不易。

——〔先秦〕诗经

书帷 [1]

〔宋〕陈宓

青编 [2] 有补曾无损，白璧难全易作瑕。
欲下凉帷玩真味，莫将丝履染尘沙。

注释

[1] 书帷：书斋的帷帐。形容帝王节俭爱物，施教有方。
[2] 青编：指古代记事的简册。竹简色青，故称青编。泛指书籍。

◎丝履

丝履，又称"丝屦""丝鞋"，即用丝帛制成的鞋，也指装饰丝帛的鞋，一般鞋上会装饰有绚、繶、纯等丝织品。汉乐府《孔雀东南飞》中就有"足下蹑丝履，头上玳瑁光"的句子。

商周时期，鞋履多是用麻、葛制作而成。而单纯以丝织品制作而成的丝履并不多见，因此十分珍贵，被视为最豪华的鞋子，深受帝王的喜爱。一般的贵族则多是在鞋上装饰绚、繶、纯等履饰，以与礼服相配。因为这些履饰都是用丝帛制成的，所以这类礼鞋也被称为"丝履"。

春秋战国，由于贫富差距较大，只有贵族才能穿得起装饰绚、繶、纯等履饰的丝履，也有以丝绳编织成的履，称为"织成履"，也称"组履"。

汉代时，纺织工艺有了较大的发展，丝履的使用开始普遍流行，还出现了专门编织制作鞋履的匠人，这也带动了丝履的普及。此时的丝履依旧是上流社会的"宠儿"，贵族们十分喜爱穿着丝履，以彰显自己的身份、地位。五代马缟《中华古今注》载："（鞋）至秦以丝为之，令官人侍从著之，庶人不可。"

宋代时，由于帝王喜爱穿丝鞋，还专门设立了管理丝鞋的机构丝鞋局，为皇室生产"精丝靴鞋"。陆游在《老学庵笔记》中就记载道："禁中旧有丝鞋局，专挑供御丝鞋，不知其数。"

后来，平民女子所穿的绣花鞋也被称为"丝履"。由于其纤巧秀丽，能充分展示女儿家的柔美姿态，在女子间十分流行，成了唐宋两代流行的鞋式样。其制经元、明、清历代相承，一直沿用到近代。

读宋景濂九贤遗像记

〔明〕钟芳

濂溪周子颜如玉，颐下丰腴更修目。

紫衣褒袖帽三山，髯疏舄赤裳还白。

伯淳长貌色微苍，帽缁履白袍色黄。

三者伊川正相似，气象夷粹殊刚方。

康节广颡 [1] 神清爽，缁袍素履和且庄。

帽围有翼内领皂，颧高肩耸颀其长。

横渠衣帽与前类，面圆色黄气刚毅。

温公深衣兼幅巾，大带组履皆如制。

晦庵体貌长更丰，目小而秀颧微红。

面右黑子如北斗，蹑方衣素舒而恭。

南轩恢伟姿烨然，椰冠道服青皂缘。

绦丝履白眉目秀，望之宛若人中仙。

东莱亦复伟形貌，幅巾峨峨服仍道。

俨然在望即之温，九贤异地皆同调。

图形大约如前云，按图学步讹本真。

景怀我笃缁衣好，读之仿佛瞻其人。

其人远矣道则迩，自湔 [2] 尘翳传心神。

吁嗟，今人自诧不落周孔后，九贤遗迹成刍狗。

注释

[1] 广颡（sǎng）：宽阔的额头。

[2] 湔（jiān）：洗。

◎组履

　　组履，又称"织成履"，指用彩色的丝绳、棕麻等为料，依照事先定好的式样直接编成的鞋履。组履是在丝履的基础上发展出来的一种更加精美的鞋履，鞋面上织有繁复的纹样，稍微考究一点的，会将整只鞋子从鞋帮到鞋尖上都编织上细致的花纹，包括花纹的内容都是有着寓意的。这种鞋子的特殊之处就在于它的"织成"，不同于其他鞋履的"剪裁成之"，组履是"织而成之"。组履所用的编织技术，就是通过两组色丝与经丝进行表里换层和绞纠显花的技术，即"织成"。

　　秦汉时期，组履就已有其形制，并且还有专门从事制作组履的工匠艺人。《淮南子·说山训》载："鲁人身善制冠，妻善织履。"魏晋南北朝时期，组履之制大兴，成为这一时期最具代表性的鞋子，但由于制作工艺繁复，用料及造价昂贵，它只是在贵族男女间普遍穿用。同时，正是因为组履制作之华丽，朝廷曾屡次禁断，南齐延兴元年（494）就曾有"申明织成、金薄、彩花、锦绣履之禁"。不过这些禁令针对的往往都是臣下，统治者并不受约束。

采桑子·蝤蛴领[1]上诃梨子

〔五代〕和凝

　　蝤蛴领上诃梨子，绣带双垂。椒户闲时。竞学摴蒲[2]赌荔枝。

　　丛头鞋子[3]红编细，裙窣[4]金丝。无事嚬眉[5]。春思翻教阿母疑。

注释

[1] 蝤蛴（qiú qí）领：指女子洁白如玉的颈项。

[2] 摴蒲：也作"摴蒱"，古代博戏名，类似后代的掷色子，泛指赌博。

[3] 丛头鞋子：即丛头履。

[4] 窣：下垂。

[5] 嚬眉：皱眉。嚬，同"颦"。

◎丛头履

　　唐朝盛行高头履，鞋头高翘之态十分受女子们喜爱。丛头履便是高头履的一种，其外形类似笏头履，但不同的是，它高耸的鞋头被分制成数瓣，以彩色的丝帛、丝线制作，并用针线固定，远远看着如同一丛花朵。

　　宋代以后，缠足盛行，丛头履高翘的鞋头并不适合汉族女子的缠足，因而逐渐消失。

送景玄上人还山

〔唐〕殷尧藩

嵩阳[1]听罢讲经钟，远访庭闱锡度空。

蒲履谩从归后织， 衲衣犹记别时缝。

地横龙朔连沙暝，山入乌桓碧树重。

梵宇[2]传来金贝叶[3]，花前拜捧慰亲容。

注释

[1] 嵩阳：嵩阳寺，在嵩山南。

[2] 梵宇：指佛寺。

[3] 贝叶：贝多树的叶子。古代印度人用它代替纸写佛经。此处指佛经。

◎蒲履

　　蒲履，即用蒲草编制的鞋履，相传是秦始皇时期所创，外形很像今天的皮鞋，多用于宫女。"蒲履"是南北朝时对草鞋的称谓，也是当时尤其是南方一般士人或贫者所穿的鞋子。《梁书·张孝秀传》载："孝秀性通率，不好浮华，常冠谷皮巾，蹑蒲履。"西晋永嘉年间，蒲履改蒲草为黄草制作，因此官内妃御皆穿蒲履。

　　蒲履因穿着轻便，款式多样，在唐代的妇女间十分流行。因受翘头布鞋的影响，唐代的女式蒲履都是用极细的蒲草编成，样式多是繁复而精致的。唐文宗曾因其"费日害工"，禁止妇女穿蒲履，但这并没有阻止它在妇女间的盛行。明代胡应麟在《少室山房笔丛》卷十二中言："至五代蒲履盛行。"

　　宋代以后，该鞋也多用于男子间。在《宋书·张畅传》中还提及军队中穿草鞋的事。

定风波·莫听穿林打叶声

〔宋〕苏轼

　　三月七日，沙湖道中遇雨，雨具先去，同行皆狼狈，余独不觉。已而遂晴，故作此。

　　莫听穿林打叶声，何妨吟啸[1]且徐行。竹杖芒鞋轻胜马，谁怕？一蓑烟雨任平生。

　　料峭[2]春风吹酒醒，微冷，山头斜照却相迎。回首向来[3]萧瑟[4]处，归去，也无风雨也无晴。

注释

[1] 吟啸：大声吟诵。
[2] 料峭：风寒凉的样子。多形容春寒。
[3] 向来：刚才。
[4] 萧瑟：雨点打击树叶发出的声音。

◎芒鞋	芒鞋，即用植物的叶或杆编织的草鞋。芒草，是一种细长如丝的茅草，最长可达四五尺以上，俗称"龙丝草"。芒草既耐水又耐磨，因而成了编制草鞋的上好材料。 在南方，着芒蹻蒲是很常见的，尤其在南北朝时期，南方的一般士人或贫者都习惯穿草鞋。《南史·褚裕之传》载："使其子弟并着芒屦。"《晋书·刘惔传》载："惔少清远，有标奇，与母任氏寓居京口，家贫，织芒屩以为养，虽荜门陋巷，晏如也。" 芒鞋一直到现代依然存在，只是退出了人们的日常生活，转而成了工艺品、旅游纪念品等。

买屐

〔宋〕陆游

一雨三日泥，泥干雨还作。
出门每有碍 [1]，使我惨不乐。
百钱买木屐，日日绕村行，
东阡与北陌，不间阴与晴。
青鞋 [2] 岂不佳，要是欠耐久；
何当踏深雪，就饮湖桥酒？

注释

[1] 有碍：阻碍，限制。
[2] 青鞋：草鞋。

◎木屐

木屐，简称"屐"，是一种两齿木底鞋，走起路来吱吱作响，适合在南方雨天、泥上行走。木屐的名字是来自中古音"屐屈"，常称作"木屐"。虽然我们对日本人穿木屐的印象深刻，但其实木屐源于中国，是汉服足衣的一种，在隋唐以前非常流行。日本的木屐也是在吸收了我国唐朝时期木屐的特点上，发展而来的。

木屐有两股夹在脚趾间的带子，通常用桐木或杉木制作木屐的鞋底，鞋底下面有两个齿，有的只有一个齿，是走山道用的，特别是一些在山间修行的僧侣经常穿着。除了有齿的木屐以外，古代行军打伏时也会使用平底木屐，以防止脚部被带刺杂草划伤。木制底下是四个铁钉，耐磨、防滑。木屐的鞋面上做带子的材料也非常多，有麻、稻草、竹皮、蔓草，后来也有用皮革等制作的。若鞋面为帛制成，则称为"帛屐"；若是牛皮制成的，则称作"牛皮屐"。

据记载，中国人穿木屐的历史至少有三千多年了。尧舜禹以后，始服木屐。汉晋隋唐时期，人们普遍穿着木屐，尤其在魏晋南北朝时期，上至天子，下至庶民，人人着木屐。木屐一般是作为人们日常家居的便装，也是登山游玩的鞋具。在汉代，女性出嫁的时候会穿上彩色系带的木屐。晋代时，木屐有男方女圆的区别。南朝梁的贵族也常着高齿屐。南朝宋之时，贵族为了节俭也着木屐。

关于木屐，《世说新语》中有这样一个小故事：祖约好财，阮孚好木屐，大家对二人的喜好一时难以

◎木屐

判断优劣。一天，客人去拜访祖约，祖约正在家里整理自己收藏的财物，看到客人来了，祖约赶忙收拾。有两个小竹箱一时没来得及收好，祖约就仄斜着身子挡住箱子，神情很是不安。又有客人到阮孚家造访，阮孚正在给自己的木屐打蜡。见到客人来，阮孚也不客套，依旧专注地保养着自己的木屐，还感叹道："不知人这一生能穿多少双木屐啊。"神色十分悠闲。由于当时玄学兴盛，士大夫们都追求闲适旷达，喜欢作为承载士人洒脱形象的木屐，因此人们便判定爱木屐的阮孚优于爱财的祖约。

此外，木屐作为古代登山游玩的鞋具，这里不得不提一下"谢公屐"。李白曾在《梦游天姥吟留别》中写道："脚著谢公屐，身登青云梯。"此处的"谢公屐"正是由南朝谢灵运所发明。相传谢灵运喜好游历名山大川，为了登山下山方便，他便改良了常穿的齿木屐，将死齿改成了活齿。《晋书·谢灵运传》记载："谢灵运好登山，常著木屐，上则去前齿，下则去后齿。"改良后的活齿木屐更容易保持身体平衡，也为登山下山节省了力气，深受登山爱好者的欢迎，因而也被人们称为"谢公屐"。

浣溪沙·稳小弓鞋三寸罗

〔宋〕赵令畤

刘平叔出家妓八人，绝艺，乞词赠之。脚绝、歌绝、琴绝、舞绝。

稳小弓鞋三寸罗。歌唇清韵一樱多[1]。灯前秀艳总横波[2]。
指下鸣泉[3]清杳渺。掌中回旋小婆娑。明朝归路奈情何。

注释

[1] 一樱多：古代多以樱桃比喻女子的口唇。

[2] 横波：形容美女的眼睛像水波一样有神采。

[3] 鸣泉：比喻琴声似流泉铮铮作响。

◎弓鞋

弓鞋，是古代缠足妇女所穿的鞋子，因其鞋形似翘首的鸟头，鞋底为木制，弯曲如弓，故称"弓鞋"。

自南唐始，汉族女子盛行缠足，女子缠足的脚呈弓形，因而被称为"弓足"，俗称为"三寸金莲"。这种脚形十分适合穿着弓鞋。宋代黄庭坚在《满庭芳》中云："直待朱幡去后，从伊便、窄袜弓鞋。"清代徐珂在《清稗类钞·服饰》中写道："弓鞋，缠足女子之鞋也。"

弓鞋的样式很多，有眠鞋、换脚鞋、尖口鞋、踏堂鞋、网子鞋、莲鞋等，其形制在各代也有所不同。考究的弓鞋会在鞋头、鞋底、鞋里和鞋帮上绣满各种吉祥的图案，富贵人家的女子还会在弓鞋上加饰明珠等饰物。弓鞋分平底与高底，平底多以多层粗麻布为底，高底则在后跟装有木片或木根。宋代的弓鞋鞋底向上弯曲，鞋尖弯翘，犹如凤首，称"凤头鞋。"宋代卢炳在《踏莎行》中有词云："明眸剪水玉为肌，凤鞋弓小金莲衬。"明代时出现了一种以香樟木为底的高底弓鞋，以帛布或锦缎为面，鞋尖微微上翘，并多装饰有各种绣花或珠花，或鸟或花或云，称"云头子"。

弓鞋是古代缠足陋习的产物，随着缠足制度的废除，弓鞋也逐渐消失了。

上阳 [1] 白发人

〔唐〕白居易

上阳人，红颜暗老白发新。

绿衣监使 [2] 守宫门，一闭上阳多少春。

玄宗末岁初选入，入时十六今六十。

同时采择百余人，零落年深残此身。

忆昔吞悲别亲族，扶入车中不教哭。

皆云入内便承恩，脸似芙蓉胸似玉。

未容君王得见面，已被杨妃 [3] 遥侧目。

妒令潜配上阳宫，一生遂向空房宿。

秋夜长，夜长无寐天不明。

注释

[1] 上阳：指上阳宫，在唐东都洛阳皇宫内院的东面。

[2] 绿衣监使：太监。唐制中太监身着深绿或淡绿衣服。

[3] 杨妃：即杨贵妃。

耿耿^[4]残灯背壁影，萧萧暗雨打窗声。

春日迟，日迟独坐天难暮。

宫莺百啭愁厌闻，梁燕双栖老休妒。

莺归燕去长悄然，春往秋来不记年。

唯向深宫望明月，东西四五百回圆。

今日宫中年最老，大家遥赐尚书号。

小头鞋履窄衣裳，青黛点眉眉细长。

外人不见见应笑，天宝末年时世妆。

上阳人，苦最多。

少亦苦，老亦苦，少苦老苦两如何？

君不见昔时吕向美人赋^[5]，又不见今日上阳白发歌！

[4] 耿耿：明亮的样子。

[5] 美人赋："天宝末，有密采艳色者，当时号花鸟使，吕向献《美人赋》以讽之。"

◎小头履

小头履，即鞋头小而上翘的鞋子，其特点是鞋头尖小，略呈弯势，是古代妇女所穿着的便鞋。

小头履盛行于唐天宝末年，尽管唐代女性的鞋履样式多种多样，但盛唐时期的女性尤其爱穿小头履。天宝末流行的"时世妆"便是：小头履，窄衣，青黛细长眉。此外，为了显示奢华，贵族女子们往往在小头履的鞋面上饰以各种各样的金银珠宝玉石等。盛唐贵族的女性所穿的小头履，制作材料也十分讲究，通常都由皮革与锦缎制成鞋面，款式上主要为尖履头，薄履底。中唐以后，穿小头履的人逐渐减少。

宋代以后，女子间盛行缠足，穿这种小头履的人也逐渐增多，因而再次盛行。

辛亥革命后，缠足制度被废除，这种鞋制也逐渐被淘汰。

题永乐寺水竹居

〔元〕戴良

先师柳待制，尝访匡长老于此。

一上高楼恨有余，登临事往竟成虚。
已无阁老履绚[1]迹，徒认匡公水竹居。
佩玉声流池尽处，琅玕[2]影动月来初。
从今便结东林社，晓钵高擎老衲如。

注释

[1] 履绚（qú）：指有绚饰的鞋。绚，古代鞋头上的装饰，有孔，可以穿系鞋带。
[2] 琅玕：形容竹子的青翠。

◎履绚

　　履绚，也作"绚履"。绚是鞋头上的装饰，履绚因此得名。履绚是古代专门用于祭祀的一种礼鞋，男女皆可穿用。

　　履绚始于春秋时期，其形状如刀衣，有孔，可以系鞋带，以结鞋，防裂开，便于行路。《仪礼·士冠礼》言："屦，夏用葛，玄端黑屦，青绚繶纯。"郑玄注："绚之言拘也，以为行戒。状如刀衣，鼻在屦头繶缝中。"

　　到了秦汉时期，履绚依然被沿用。汉代帝王出行时，还流行穿一种叫作虎尾履绚的平底鞋。这种履绚的鞋头有绚装饰，夹在鞋头的缝中，犹如虎尾一般，因此得名。汉代卫宏的《汉官旧仪》卷上《皇帝起居仪》中就有记载：汉天子出殿传跸，"带七尺斩蛇剑，履虎尾绚履"。

　　汉代以后，履绚则逐渐少见。

梦游春七十韵

〔唐〕元稹

昔岁梦游春，梦游何所遇？
梦入深洞中，果遂平生趣。
清泠浅漫流，画舫兰篙渡。
过尽万株桃，盘旋竹林路。
长廊抱小楼，门牖相回互。
楼下杂花丛，丛边绕鸳鹭。
池光漾霞影，晓日初明煦。
未敢上阶行，频移曲池步。
乌龙 [1] 不作声，碧玉曾相慕。
渐到帘暮间，裴回意犹惧。
闲窥东西阁，奇玩参差布。
隔子碧油糊，驼钩紫金镀。
逡巡日渐高，影响人将寤。
鹦鹉饥乱鸣，娇娃睡犹怒。
帘开侍儿起，见我遥相谕。
铺设绣红茵，施张钿妆具。
潜褰翡翠帷，瞥见珊瑚树。
不辨花貌人，空惊香若雾。
身回夜合偏，态敛晨霞聚。
睡脸桃破风 [2]，汗妆莲委露。
丛梳百叶髻 [3]，金蹙重台屦。
纰软钿头裙，玲珑合欢袴。

一九七

鲜妍脂粉薄，暗澹衣裳故。
最似红牡丹，雨来春欲暮。
梦魂良易惊，灵境难久寓。
夜夜望天河，无由重沿溯。
结念心所期，返如禅顿悟。
觉来八九年，不向花回顾。
杂合两京春，喧阗众禽护。
我到看花时，但作怀仙句。
浮生转经历，道性尤坚固。
近作梦仙诗，亦知劳肺腑。
一梦何足云，良时事婚娶。
当年二纪初，嘉节三星度。
朝蘙玉佩迎，高松女萝附。
韦门正全盛，出入多欢裕。
甲第涨清池，鸣驺引朱辂 [4]。
广榭舞萋萋，长筵宾杂厝。
青春讵几日？华实潜幽蠹。
秋月照潘郎，空山怀谢傅。
红楼嗟坏壁，金谷迷荒戍。
石压破阑干，门摧旧椔枑 [5]。
虽云觉梦殊，同是终难驻。
惊绪竟何如？梦丝不成绚。

卓女白头吟，阿娇金屋赋。

重璧盛姬台，青冢明妃墓。

尽委穷尘骨，皆随流波注。

幸有古如今，何劳缣比素。

况余当盛时，早岁谐如务。

诏册冠贤良，谏垣陈好恶。

三十再登朝，一登还一仆。

宠荣非不早，遭回亦云屡。

直气在膏肓，氛氲日沉痼。

不言意不快，快意言多忤。

忤诚人所贼，性亦天之付。

乍可沉为香，不能浮作瓠。

诚为坚所守，未为明所措。

事事身已经，营营计何误。

美玉琢文珪，良金填武库。

徒谓自坚贞，安知受砻铸。

长丝羁野马，密网罗阴兔。

物外各迢迢，谁能远相锢。

时来既若飞，祸速当如骛。

曩[6]意自未精，此行何所诉？

努力去江陵，笑言谁与晤？

江花纵可怜，奈非心所慕。

石竹逞奸黠，蔓青夸亩数。

一种薄地生，浅深何足妒。

荷叶水上生，团团水中住。

泻水置叶中，君看不相污。

注释

[1] 乌龙：指犬。

[2] 桃破风：指桃花迎风开放。

[3] 百叶髻：一种古代妇女所梳的多层重叠的发髻。

[4] 鸣驺：古代随从权贵出行并传呼喝道的骑卒。朱辂（lù）：朱红色的大车，古代天子或贵族的车乘。

[5] 椐栝（bì hù）：古代用木条交叉制成的栅栏，置于官署前遮拦人马，又称行马。

[6] 曩：从前，过去的。

◎重台履

重台履，又称"重台屦"，是一种高底、头部上翘、顶端为花朵形的鞋履。

重台履始于南朝宋时，是一种深受女性喜爱的高底鞋。马缟《中华古今注·鞋子》载："（南朝）宋有重台履。"

唐代时，重台履亦十分流行，属于高头履的一种。常见的样式是履底部较厚，履头高起，形如重台，并且高起的履头往往呈各种形状，如花状、笏状、鸟状等。而女子们穿长裙时会将漂亮的履头露在裙袍的外面，十分好看。重台履类似于今天的高跟鞋，由于整个鞋底增高，女子们穿上后，身形也更加高挑颀长，更显婀娜多姿。

五代以后，因女子缠足盛行，更适合女子"弓足"的弓鞋开始流行，重台履便渐渐消亡了。

嘲[1]醉者

〔宋〕宋伯仁

李白日斟三百盏，醉时宁记[2]脱朝靴。
一千八十万杯酒，百岁消磨未是多。

注释

[1] 嘲：歌唱，吟咏。
[2] 宁记：哪里记得。宁，岂，难道。

◎朝靴

　　古代官吏赴朝会时参见皇帝所穿的靴子。朝靴一般用乌皮、黑绸缎等材料制作，上缀有绚、繶等装饰，也称"乌皮靴"。朝靴这一称呼始于唐代，宋代时沿袭其制，常常称呼官员的靴为朝靴。《宋史·舆服志五》载："宋初沿旧制，朝履用靴。政和更定礼制，改靴用履。中兴仍之。乾道七年，复改用靴。以黑革为之，大抵参用履制，唯加勒焉……"宋代公服配靴已经成为定制，且靴多和圆领配套使用。

　　明代内府还专门设有"巾帽局"，制作朝靴及管理，如果有新晋官员、选中驸马、外国驻使等，皆由此局送靴子。《明史·舆服志三》载："状元冠三梁，绯罗圆领……朝靴，毡袜……上表谢恩日服之。"明代时，朝靴也在道教斋醮仪礼中穿用。明代朱权在《天皇至道太清玉册》称："圆头，阔底之制，古谓之靴。履诸秽处来，皆勿登堂。盖人间所用，山中则不宜也。"

　　清代的朝靴受到明代朝靴的影响，演变出厚底甚至高底式装饰靴，为皇帝和文武百官在举行各类仪式时穿着。朝靴的颜色大多为黄色、黑色（皂色）及青色，上饰有花纹，其底靴头处形式有平底式、翘头式、斜削式等。清初时，多流行方头靴，后来演变成了尖头靴。但朝靴仍然使用方头，并且清廷规定，只有入朝的官员才能允许穿方头靴，且穿着时需与朝袍、朝冠搭配穿用，朝靴的颜色也要与服色相同。

忆原上人

〔唐〕戴叔伦

一两棕鞋八尺藤，广陵^[1]行遍^[2]又金陵。
不知竹雨竹风夜，吟对秋山那寺灯。

注释

[1] 广陵：郡名，即扬州。
[2] 行遍：走遍。

◎棕鞋

棕鞋，即用棕树皮编织的鞋子，是草鞋的一种，相传为诗圣杜甫所发明。

据说，杜甫晚年的时候住在成都，生活十分困顿，常常吃不饱饭，连草鞋也穿不起。一次，杜甫看到一个离他家不远的老婆婆用葛麻打草鞋、卖草鞋，就想请她给自己打一双。唐代的草鞋主要是以芒草和蒲草为材料，不仅轻巧方便，而且样式繁多，深受普通百姓的喜爱。此时的杜甫，不仅没有钱买草鞋，而且连打草鞋的芒草和蒲草都没有。这该怎么办呢？突然，他想起自己家门前的那棵高大的棕树和满地的树棕，心想着，没有芒草和蒲草，何不打一双棕草鞋呢？于是，他立即回到家中，精心挑选了些树棕，让老婆婆试着打一双棕草鞋。老婆婆欣然同意。不一会儿，一双棕草鞋就做出来了。就这样，杜甫率先穿起了棕鞋。

后来，有一天，杜甫穿着棕鞋外出，突然遭遇大雨，结果弄得满脚是泥，鞋底也坏了，脚也很冷。看着自己仅有的鞋子坏了，杜甫却没有钱去购买新鞋，于是，他只好自己修鞋。回到家后，他就找了块合适的木头片，将木头片绑在鞋底上，穿上试了试，这样一绑果然有用。就这样，杜甫先后创造出了棕鞋和木底棕鞋，而且很快就在底层民众间传播开来。

浣溪沙·凤髻抛残 [1] 秋草生

〔清〕纳兰性德

凤髻抛残秋草生，高梧湿月冷无声。当时七夕记深盟。

信得羽衣 [2] 传钿合，悔教罗袜葬倾城。人间空唱雨淋铃 [3]。

注释

[1] 凤髻抛残：发髻散乱的样子。此处指爱妻逝去，掩埋在大地之下。

[2] 羽衣：羽毛织成的衣服，后指仙人所穿之衣。此处借指仙人。

[3] 雨淋铃：即《雨霖铃》。唐明皇曾作《雨霖铃》曲以悼念杨贵妃。《明皇杂录·补遗》云："明皇既幸蜀，西南行，初入斜谷，霖雨涉旬，于栈道雨中闻铃音与山相应。上既悼念贵妃，采其声为《雨霖铃》曲以寄恨焉。"

◎罗袜

罗袜，即用丝罗一类的织物制成的袜子。古代的袜子有用皮制作的，叫作"角袜"，也有用布制作的，叫作"罗袜"。汉代时，人民用白色的布缠在足上，称之为"足衣"或"足袋"。张衡《南都赋》中就有："修袖缭绕而满庭，罗袜蹑蹀而容与。"只不过，这里所说的罗袜还不是丝罗制作的袜子，而是布袜。

经过汉代的改良，产生了一种用布帛、蚕丝制成的袜子，这才是真正的罗袜。这种袜子更加轻盈、凉爽，深受贵族的喜爱。

到了魏晋时期，罗袜才开始普遍化。相传三国时期魏国的曹丕就曾改进过罗袜，将麻布袜子改成丝制。他的弟弟曹植就曾在《洛神赋》中写道："凌波微步，罗袜生尘。"

当然根据季节的不同，袜子的厚薄也有不同。罗袜因其轻薄柔软，多用于春、夏、秋三季。李白在《玉阶怨》中就有"玉阶生白露，夜久侵罗袜"的诗句，描写的就是秋天里女子所穿的罗袜比较轻薄，因而那玉阶白露渐渐浸湿了罗袜。而冬季时，天气寒冷，人们便会将几层料子合并制作袜子，叫作"千重袜"，还有在绫罗中加入丝绵，制作而成的绵袜。

唐代时，袜子的制作变得更加精美而复杂，还出现了一种用锦缎来制作的锦袜，上面织有各种华丽的花鸟纹锦，色彩十分鲜艳。宋代时则出现了一种裤袜，造型别致，既耐穿，又美观。元代时，随着棉花生产的发展，人们普遍穿用棉袜。明清时期，

| ◎罗袜 | 百姓们多穿用棉袜和羊绒袜，贵族则穿绸缎袜。

到了近代，随着西方文化的输入，丝袜开始流行，传统的罗袜便慢慢退出了历史舞台。 |
| --- | --- |
| | |

第四篇　配饰

· PEISHI

蝶恋花·豆蔻梢头春色浅

〔宋〕谢逸

　　豆蔻梢头春色浅，新试纱衣，拂袖东风软[1]。红日三竿帘幕卷，画楼影里双飞燕。

　　拢鬓步摇青玉碾，缺样花枝，叶叶蜂儿颤。独倚阑干凝望远，一川烟草[2]平如剪。

注释

[1] 软：柔和，和缓。形容春风微拂。

[2] 烟草：青草雾霭笼罩。

◎步摇

步摇，亦称"珠松""簧"，是中国古代汉族妇女的一种首饰。东汉刘熙的《释名·释首饰》云："步摇，上有垂珠，步则动摇也。"取其行步则动摇，故名。又因戴步摇者行动要从容不迫，以使垂珠伴随着身上的玉佩发出富有节奏的声响，步摇也被称为"禁步"。

步摇最早出现在先秦时期，至汉代时，定制成形。刚开始时，它只是在宫廷内与贵族间流行，属于汉代礼制首饰，其形制与质地象征着佩戴者的身份与地位。汉代以后，步摇逐渐流入民间，为普通百姓所用。

魏晋南北朝以后，步摇的花式更加繁复，或制成鸟兽花枝等状，与钗钿相混杂，簪于发上。唐宋之后，它在材料的使用上更加丰富，除了会用金、银外，还会使用玉石、玛瑙、琉璃、珊瑚、松石、晶石等各种珍贵材料。

明代时，步摇的制作工艺得到了进一步提升，出现了一种新型的焊接工艺，即将金累丝与金底托焊接在一起，再镶嵌上珍珠宝石等作点缀，其耐久度进一步加强。明代唐寅的《招仙曲》曰："郁金步摇银约指，明月垂珰交龙椅。"这里的"郁金"便是这种新型工艺的体现。

此外，汉末至魏晋时期，贵族为了彰显自身的富贵豪华，还流行在冠上加步摇的形制，即"步摇冠"。一般以金银做成细枝，上附金片，缀于冠顶，行辄动摇。这种冠饰主要流行于男子间，后深得北方诸游牧民族的喜欢，形制也更加丰富。《晋书·慕容廆载记》载："时燕、代多冠步摇冠，莫护跋见而好之，乃敛发袭冠，

◎步摇	诸部因呼之为步摇，其后音讹，遂为慕容焉。"隋唐以后，步摇冠逐渐成为女冠。白居易的《霓裳羽衣歌》有云："虹裳霞帔步摇冠，钿璎累累佩珊珊。" 　步摇一直沿袭了两千多年，其形制在历代都有所变化，后向东传入日本，对当地的饰品发展也产生了重要的影响。

国风·卫风·芄兰 [1]

〔先秦〕诗经

芄兰之支，童子佩觽 [2]。虽则佩觽，能不我知。容兮遂兮，垂带悸兮。

芄兰之叶，童子佩韘 [3]。虽则佩韘，能不我甲。容兮遂兮，垂带悸兮。

注释

[1] 芄兰：一种多年生的蔓草。又名萝摩。

[2] 觽：古代解结的用具。形似锥，用骨、玉等制成。也用作佩饰。

[3] 韘：扳指。射箭用具，用象骨制成，戴在右手大拇指上用来钩弦。

◎扳指

扳指，又称"搬指"或"班指"，古时候称"韘"（shè），本是古代射箭时戴在拇指上扣弦和防擦伤的工具。

早期的"韘"是用皮革制作的，所以字形从"韦"。《说文解字》云："韘，射决也，所以拘弦。"清代段玉裁注："按，即今人之扳指也。"

扳指最初见于商代，春秋战国时期流行于世，此时的扳指主要还是实用扳指。战国、汉代时，扳指逐渐演化成为鸡心佩，又称为"玉韘"。东汉以后，这种鸡心佩逐渐消失，至明清时又出现其的仿制品。

清代时，扳指作为男子的主要佩饰之一，既有装饰的作用，同时也是身份的象征。满族人最早的扳指是用鹿的骨头制成的，随后渐渐才有了金银玉石等材质的扳指。一般而言，王公贵族们所戴的扳指多为翡翠、和田玉、玛瑙、珊瑚等名贵材料制作，普通人所戴的扳指则以象牙、白玉、瓷质为主。而在扳指的工艺与纹饰上，又有文武之分。武扳指多为素面，而文扳指多于外壁上精铸诗句或花纹。在扳指纹饰上，清代时期的技艺可谓登峰造极，其上往往雕琢有各种浮雕纹饰，如有雕琢狩猎图、丹凤朝阳、山水画的，还有雕琢各种诗文、吉祥字样的，尤其是宫廷造办处制作的扳指，更是精美异常。

沈下贤

〔唐〕杜牧

斯人^[1]清唱何人和？草径苔芜不可寻。
一夕小敷山^[2]下梦，水如环佩^[3]月如襟。

注释

[1] 斯人：指沈下贤，即沈亚之，字下贤，吴兴（今浙江湖州）人，工诗善文，尤长于小说。

[2] 小敷山：在吴兴西南，为沈下贤的旧居所在。

[3] 环佩：此处用来比喻水之清澈。

◎环佩

　　环佩，古人衣带上所系之佩玉，后专门指女子所佩的玉饰，"环佩"也因此渐渐成了女性的代称之一。环，指一种圆形而中间有孔的玉器。佩，即珮，也是一种玉制的饰物。《礼记·经解》云："行步则有环佩之声。"郑玄注："环佩，佩环，佩玉也。"环佩一开始是作为贵族身份的象征，后逐渐发展为单纯的佩饰。

　　先秦时期，贵族男子服饰两侧各挂一副环形玉佩。行步时，环佩则相碰发声。战国以后，人们皆喜欢佩玉，以丝线贯串，结成花珠，间以珠玉、宝石、钟铃，串联成一组杂佩。通常系在衣带上，走起路来环佩叮当，十分悦耳。

记梦

〔宋〕葛起耕

绮寮缥缈敞虚明，鹄峙鸾停[1] 护碧城。
珠蕊一枝春共瘦，玉环双佩[2] 月同明。
曾题洛赋缄新意，却拊[3] 湘弦寄远情。
十二阑干风细细，觉来依约记棋声。

注释

[1] 鹄峙鸾停：形容人仪态端庄，姿容秀美。此处形容碧城护卫的庄严姿态。

[2] 玉环双佩：指古代妇女佩带的玉禁步，为一对。

[3] 拊：同"抚"。

◎禁步

　　禁步，是古代女子戴在裙子上压裙角、防止走光的饰物，一般为玉石或金银。贾谊《新书·容经》有云："古者圣王居有法则，动有文章，位执戒辅，鸣玉以行。"宋代妇女出行有禁步的风俗。按照儒家礼仪，妇女笑不得露齿，行不得露足。因此，为了避免妇女举步时裙幅散开，有伤观瞻，特用金玉等饰物压住裙角。一般佩挂两个，左右各一。戴上禁步，妇女便不得不小步慢走，否则禁步可能会将她绊倒，同时金玉碰撞的声音也被用来提醒她注意仪态，如果声音杂乱则会被认为失礼。古代人家对女子的仪态十分注重，富贵人家更是专门安排侍女监督其仪态。

　　明代时，女子往往在襟上佩挂金、珠、玉等各种饰物。若挂于胸前，叫"坠领"，系在前襟，叫"七事"，用玉的则叫"禁步"。明代话本集《清平山堂话本》的一篇《快嘴李翠莲记》中，就有"金银珠翠插满头，宝石禁步身边挂"的描写。

蝶恋花·暖雨晴风初破冻

〔宋〕李清照

　　暖雨晴风初破冻，柳眼梅腮[1]，已觉春心动。酒意诗情谁与共？泪融残粉花钿重。

　　乍试夹衫金缕缝，山枕[2]斜敧，枕损钗头凤。独抱浓愁无好梦，夜阑犹剪灯花弄。

注释

[1] 柳眼：柳叶初生时，形似眼睛。梅腮：含苞待放的梅花好似美人的脸颊。
[2] 山枕：两头高中间凹的枕头。

◎花钿

花钿是古代汉族妇女脸上的一种花饰，饰于额头眉间。从颜色上言，分为红、绿、黄三种颜色，以红色为最多；从质地上看，多以金箔片、黑光纸、鱼鳃骨、翠羽等制成花形。

花钿在秦朝时就已经开始使用，隋唐时十分流行。关于花钿的起源，南朝《宋书》中记载了这样一个故事。正月初七，南朝宋武帝刘裕的女儿寿阳公主仰卧在含章殿檐下。殿前的一棵梅花树经微风一吹，正好有一朵梅花落在了公主的额上。宫女们觉得好看，纷纷效仿，剪梅花贴于额头。这种妆容被称为"梅花妆""寿阳妆"。后来，这种妆容流传到民间，成为当时女性们争相效仿的时尚。五代前蜀诗人牛峤在《红蔷薇》曾咏："若缀寿阳公主额，六宫争肯学梅妆。"

隋唐时期，花钿发展成了妇女们常用的饰物，除了常见的梅花形状，还有各式各样复杂图案，如牛角形、扇面状、桃子样等。至宋代时，除了依然流行的梅花妆外，还流行一种用珠翠珍宝制成的花钿，多用于宫廷后妃的面妆，称作"玉靥"。这种面贴花钿的化妆术也称为"面靥"或"笑靥"，最早出现于三国时期。相传三国时吴国太子孙和酒后在月下舞水晶如意，失手打伤了宠姬邓夫人的脸颊，太医用白獭髓和琥珀给邓夫人治伤，伤愈之后脸上留下斑斑红点，孙和反而觉得这样的邓夫人更为娇媚。很快地，从宫廷到民间，这种两颊点丹脂的妆饰在妇女间流行起来。唐朝时依然盛行，高承《事物纪原》载："远世妇人喜作粉靥，如月形，如钱样，又或以朱若燕脂点者，唐人亦尚之。"

思帝乡·云髻[1]坠

〔唐〕韦庄

云髻坠,凤钗垂。髻坠钗垂无力,枕函[2]欹。翡翠屏深月落,漏依依[3]。说尽人间天上,两心知。

注释

[1] 云髻:形容女子的秀发,浓密如云。

[2] 枕函:枕套。

[3] 漏依依:滴漏迟缓,形容时间过得慢。

◎凤钗	凤钗，古代妇女的头饰之一，属于钗子的一种。因钗头作凤鸟形状，故名。钗是由两股簪脚合并在一起的发饰，大概出现在商代晚期。商代晚期时，簪首上开始出现了凤鸟的形象。古代的凤钗并不专用于女性，唐代以前，凤鸟形态的装饰是男女均可佩戴的。 　　宫廷女性开始佩戴凤钗的习俗，据说起源于秦始皇时期。五代马缟《中华古今注》载："钗子，盖古笄之遗象也，至秦穆公以象牙为之，敬王以玳瑁为之，始皇又金银作凤头，以玳瑁为脚，号曰凤钗。" 　　到汉代时，凤钗在宫廷内受到众多女性的喜爱。汉武帝时，宫人多"贯髻以凤头钗、孔雀搔头、云头篦，以玳瑁为之"。《后汉书·舆服志》中记载，汉代时太皇太后、皇太后在参加宗庙祭祀时，要佩戴长一尺的大簪，其上装饰有凤鸟形状的饰物。 　　魏晋时期，女性佩戴凤钗的风气更加盛行，不仅是后妃公主等宫廷女性，有权有财的官僚女眷也可以佩戴。曹植《美女篇》中有"头上金爵（雀）钗，腰佩翠琅玕"的诗句；东晋王嘉《拾遗记》中有载：西晋大富豪石季伦让自己的宠姬翔风使用玉龙佩，戴有金丝萦绕的"凤冠之钗"。 　　因凤钗的成本高昂，制作不易，民间虽有流行，但毕竟不及权贵者。久而久之，对于凤钗的使用，也逐渐规范。晋代时，就有规定，皇帝的妻妾中只有皇后和位同三公的三夫人才能佩戴凤鸟爵钗。宋代时，服饰制度明确规定了凤、鸾、翟之类的式样与皇室后妃的身份地位相对应，形成了上下有序的服饰制度。

◎凤钗	明代时，为了巩固皇权，在服制规定中明令禁止僭用凤钗，只有皇后、皇太子妃等才可以使用金凤钗，郡王妃及以下品级的命妇们都只能佩戴与金凤钗相似的金翟钗。《明会典》载："若僭用违禁龙凤文者，官民各杖一百，徒三年；工匠杖一百，连当房家小起发赴京籍充局匠。" 　　此外，在古代，凤钗也被作为男女之间的定情信物，在分别时赠予对方，寄托相思之情。

摊破浣溪沙·欲语心情梦已阑 [1]

〔清〕纳兰性德

欲语心情梦已阑，镜中依约见春山 [2]。方悔从前真草草 [3]，等闲看。

环佩只应归月下，钿钗何意寄人间。多少滴残红蜡泪，几时干？

注释

[1] 阑：残，尽。

[2] 春山：指春日的山色黛青，此处用来比喻美人的眉毛姣好。

[3] 草草：草率。

◎钿钗

钿钗，即"金钗""钿合"，为古代妇女的一种首饰，由两股簪子合成，上镶嵌宝石、金属等。

唐代时，钿钗是后妃命妇们的常戴首饰，而搭配钿钗穿用的层层叠叠的规整礼服叫作钿钗礼衣，是皇后及内外命妇的礼服之一。依据品级的不同，所戴钿钗也有不同。《新唐书·舆服志》载："钿钗礼衣者，内命妇常参、外命妇朝参、辞见、礼会之服也。……一品九钿，二品八钿，三品七钿，四品六钿，五品五钿。"钿钗礼衣在唐代史书及礼书中多有记载，但鲜有衣服的实物保存于世间。

在古代，钿钗亦是男女之间的定情信物。唐代陈鸿《长恨歌传》中有云："进见之日，奏《霓裳羽衣曲》以导之；定情之夕，授金钗钿合以固之。"此处的"金钗钿合"就是唐玄宗与杨贵妃之间的定情信物。后来安史之乱时，贵妃魂断马嵬坡，乱事平定后，有人将贵妃的遗物"金钗钿合"献给已是太上皇的玄宗，玄宗看到与贵妃的定情信物，又想起二人曾经许下"愿世世为夫妇"的誓言，不禁潸然泪下。

此外，古人还用"钿钗约"来指忠贞不渝的盟约。清代纳兰性德在《金缕曲·亡妇忌日有感》中就有"不及夜台尘土隔，冷清清、一片愁埋地。钗钿约，竟抛弃"的句子，来表达自己对已逝妻子的悼念与哀思。

更漏子·金雀钗

〔唐〕温庭筠

金雀钗，红粉面[1]，花里暂时相见。知我意，感君怜，此情须问天。

香作穗[2]，蜡成泪，还似两人心意。珊枕腻，锦衾寒，觉来更漏残。

注释

[1] 红粉面：指女子面部的化妆。《韵会》："古傅面亦用米粉。又染之为红粉，后乃烧为铅粉。"

[2] 香作穗：指香燃烧后，上端燃尽的灰弯下来如穗状。

◎雀钗	雀钗，也作"爵钗"，有雀形饰物的钗。《释名·释首饰》载："爵钗，钗头施爵也。"王先谦补证："爵，与雀同。"晋制，官人六品以上得服雀钗以覆髻，三品以上服金钗。《晋书·元帝纪》："将拜贵人，有司请市雀钗，帝以烦费，不许。"

仙女词

〔唐〕杨衡

玉笋[1]初侍紫皇君[2]，金缕鸳鸯满绛裙。
仙宫一闭无消息，遥结芳心向碧云。

注释

[1] 玉笋：此处借指仙女。
[2] 紫皇君：道家传说中的神仙。《太平御览》卷六五九引《秘要经》曰：
"太清九宫，皆有僚属，其最高者称太皇、紫皇、玉皇。"

◎玉笄

　　玉笄是古人结发用的一种玉器。一般呈长锥形状，长约20厘米，上粗下细，平顶抛光，考究一些的玉笄还会在上面雕琢纹饰。玉笄主要是男子的发饰，女子也有簪戴。男子簪戴玉笄时，将其插入发髻，使头发不会散开，若戴冠时则有固冠的作用。古代男子成年时，会举行成年礼，蓄发着笄，谓"及笄之年"。

　　玉笄的历史源远流长，最早见于良渚文化时代。早期的笄是由竹、木、玉、石、骨等材料制成的。商代时，玉制首饰占据主要地位，笄的种类和佩戴形式也随之变得丰富。周朝时，笄的插戴方式逐渐制度化。《周礼·夏官·弁师》言："皆五采玉十有二，玉笄，朱纮。"

　　先秦时候，将"簪"称为"笄"。秦汉之后，"笄"改称为"簪"。其制作材料进一步丰富，有金、银等，工艺也日渐考究。汉代时的笄首普遍加以装饰，笄身主要呈光素圆柱。唐代时的玉笄一改往常通体用玉的制作方法，出现了大量头端用玉，笄身用其他贵金属的复合制成品。这类玉笄一般头体偏薄，造型多样，上有线刻或镂饰的花鸟纹，并且有穿孔，或包缀金银片。宋代时，玉笄雕造趋于精致，首部成为重心，其上的花纹也更加讲究，多雕琢有鸟兽、花草等形状。到了明清时期，玉笄的制作更趋精细，尺寸略短于商周时期，一般长15厘米以下，分为长短两种，短而粗者为男子持冠，细长者为女子簪用。

　　玉笄一直沿用到明清时期，直至现代仍然有少数民族在使用。

水龙吟·登建康赏心亭

〔宋〕辛弃疾

楚天千里清秋，水随天去秋无际。遥岑[1]远目，献愁供恨，玉簪螺髻。落日楼头，断鸿声里，江南游子。把吴钩[2]看了，栏杆拍遍，无人会，登临意。

休说鲈鱼堪脍，尽西风季鹰归未？求田问舍[3]，怕应羞见，刘郎才气。可惜流年，忧愁风雨，树犹如此！倩[4]何人唤取，红巾翠袖[5]，揾英雄泪？

注释

[1] 岑：小而高的山。
[2] 吴钩：指春秋时吴国所造的兵器，似剑而曲。
[3] 求田问舍：指置田买屋。
[4] 倩：请。
[5] 红巾翠袖：代指佳人。

◎玉搔头

　　玉搔头，即玉簪。"簪"在先秦时称为"笄"，秦汉后，"笄"改称"簪"，形制为长针状，为古人用来插定发髻或将冠固定在发髻上用。簪的制作材料也是多种多样的，有金、银、玉、石、竹、木、骨等材料。玉簪，就是指用玉制成的簪子。

　　玉簪之所以又被称为"玉搔头"，据说是有这样一个小故事。汉武帝的宠妃李夫人能歌善舞，风姿绝世。一日，汉武帝到李夫人殿中去，突然觉得头痒痒的，想要搔头，可苦于没有用具。恰巧此时，武帝看到了身旁李夫人头上戴着的一支玉簪，心想这正是搔头的好东西，便伸手取了玉簪来搔头。随着玉簪被取下，李夫人的秀发一泻而下。武帝见了，心动不已，当即留宿在了李夫人殿中。此事传出，宫中佳丽羡慕不已，纷纷效仿。自此，后宫人人都改用玉簪，一时间竟引得长安玉贵。东晋葛洪曾在《西京杂记》中言："武帝过李夫人，就取玉簪搔头，自此后宫人搔头皆用玉，玉价倍贵焉。"于是，后代便称"玉簪"为"玉搔头"了。

瑞鹤仙·寿

〔宋〕张元幹

倚格天峻阁。舞庭槐阴转，盆榴红烁。香风泛帘幕。拥霞裾琼佩，真珠璎珞。华阳庆渥[1]。诞兰房[2]、流芳秀萼。有赤绳系足，从来相门，自然媒妁[3]。

游戏人间荣贵，道要[4]元微，水源清浊。长生大药。彩鸾韵，凤箫鹤，对木公金母，子孙三世，妇姑为寿满酌。看千龄，举家飞升，玉京更乐。

注释

[1] 庆渥：恩泽。
[2] 兰房：旧时女子所居的内室。
[3] 媒妁：婚姻介绍人。媒，指男方的媒人。妁，指女方的媒人。
[4] 道要：道教的要义。

◎璎珞圈

璎珞，得名源于梵语 keyūra 的音译，意为把珠玉编成环状悬挂在身上。璎珞原本是古代印度佛像颈间的一种装饰，由世间众宝所成，寓意为"无量光明"。《佛学大词典》言："密教法器：璎珞，为以珠宝缀成之饰物，戴于头上者为璎，挂于身者为珞。"又曰："又作缨络。由珠玉或花等编缀成之饰物。可挂在头、颈、胸或手脚等部位。印度一般王公贵人皆佩戴之。"

璎珞是用线缕穿起各种珠玉而成，因而它的制作材料也十分丰富，当真是由"世间众宝"而制成。《维摩诘经讲经文》中有"整百宝之头冠，动八珍之璎珞"的说法；《妙法莲华经》记载有用"金、银、琉璃、砗磲、玛瑙、真珠（即珍珠）、玫瑰七宝合成众华璎珞"。

随着佛教传入中国，璎珞也被一同传入。"璎珞"这一饰物经过一些爱美求新的女性的模仿和改进，变成了日常佩戴的一种项饰。与项链不同，璎珞的形制比较大，在原本环状的基础上又增加了若干条对称下垂的珠串，形式上也更加丰富多彩，在项饰中最显华贵。

璎珞的形制主要分为项圈式和披挂式。项圈式的璎珞普遍较短，又称"短璎珞"，也叫"璎珞圈"，一般以项圈为主体，上雕花纹，坠饰也比较简单，多搭配长命锁、护身符等吉祥物件。披挂式璎珞则形制更长，款式也更多样，主要被当作舞蹈的饰品。

璎珞作为项饰，深受历代妇女们的喜爱。清代小说《红楼梦》中的人物服饰，就有大量戴璎珞的描写，如凤姐的"头上戴着金丝八宝攒珠髻，绾着朝阳五凤挂珠钗，项上带着赤金盘螭璎珞圈"，薛宝钗的金璎

◎璎珞圈	珞圈上坠着刻有"不离不弃，芳龄永继"的吉谶的金锁等。此外，璎珞圈并不仅仅为女子专用，男子也可以戴用。例如小说中的男主人公宝玉出场时，脖子上就戴着"金螭璎珞圈"，璎珞圈上坠挂着他的寄名锁和通灵宝玉。

又六言二首·其一

〔宋〕刘克庄

贵栾大佩六印 [1]，赋侏儒俸一囊。
曼倩面有饥色 [2]，蟠桃三度偷尝。

注释

[1] 六印：六将军印。
[2] 面有饥色：形容因饥饿而显得营养不良的样子。

◎大佩

大佩，汉代天子、诸侯、公卿祭服之佩饰。以白玉雕琢而成，上有珩、下有璜，组成一挂玉佩，属于组佩。先秦时期，列国贵族行佩韨（蔽膝）以表身份，秦国以佩韨不利战斗，改为佩绶而系玉。汉代承袭秦制，玉佩增双印等名目。大佩制作为古代服饰制度之一，于东汉孝明皇帝时制定，以白玉琢"冲牙双瑀璜"，制作精巧繁丽，谓之"大佩"。《三礼图》曰："凡玉佩上有双珩，下有双璜，琚瑀以杂之，冲牙蠙珠以纳其间。"大佩既可以单件使用，也可以成串使用，一般在祭祀朝会时佩戴。其中，皇帝佩戴时以白珠串系之；公卿、诸侯佩戴则以彩绳系之。

满江红五首·其五

〔宋〕苏轼

正月十日，雪中送文安国[1]还朝。

天岂无情，天也解、多情留客。春向暖、朝来底事[2]，尚飘轻雪。君过春来纡组绶，我应老去寻泉石。恐异时、杯酒忽相思，云山隔。

浮世事，俱难必。人纵健，头应白。何辞更一醉，此欢难觅。不用向、佳人[3]诉离恨，泪珠先已凝双睫。但莫遣、新燕却来时，音书绝。

注释

[1] 文安国：文勋，字安国，官太府寺丞，善山水，尤工篆字。苏轼对他的篆字和绘画做出过很高评价。

[2] 底事：何事。底，何，什么。

[3] 佳人：指文勋。

◎组绶

组，是一种用丝编制的带子，可用来束腰；绶，是一条较宽的丝绦，用来系挂玉佩或印纽，垂于腰间的一侧。绶有紫、青、红、绿、黑、黄等色，并且用颜色来区分身份等级。古人的服饰没有纽扣，所以为了避免衣服散开，会在腰间系带。

佩戴组绶是汉代服饰的一大特点，这种佩绶制度自先秦时就已经出现，只是当时主要作为服饰形象中的一个装饰，至秦汉时才根据官职高低形成了具体的佩戴制度。《礼记·玉藻》载："……君子于玉比德焉。天子佩白玉而玄组绶，公侯佩山玄玉而朱组绶，大夫佩水苍玉而纯组绶，世子佩瑜玉而綦织绶……"组绶也成为皇帝礼服上的必要装饰之一，百官们则依据官职的大小佩戴相应的组绶。《魏书·高祖纪下》："八月乙亥，给尚书五等品爵已上朱衣、玉佩、大小组绶。"唐代承隋制，还专门设置了织染署，用来掌管组绶的织染。到了清代时期，佩绶制度消失，被清代的顶戴制度取而代之。

赠乐天

〔唐〕刘禹锡

一别旧游尽 [1]，相逢俱涕零。
在人虽晚达，于树似冬青。
痛饮连宵醉，狂吟满坐听。
终期抛印绶，共占少微星 [2]。

注释

[1] 旧游尽：指与刘禹锡、白居易交游的朋友，如元稹、韩泰、张籍等，诸人时已亡故。

[2] 共占少微星：指一同隐居。

◎印绶

　　印绶，指系缚在印纽上的彩色丝带。因绶一般比较长，所以还会打成回环。绶原本是用来佩玉的，秦汉以后至唐，绶也用来系官印，故也称"印绶"。因此，人们一般也将其作为官职的代称。汉代的官印被盛放在腰间的鞶囊（绶囊）内，把印绶佩挂在腰间，垂搭在囊外，或者与官印一同放入囊内。

　　古代有着严格的印章制度，印绶的颜色和长度都有具体的规定，用来区分身份级别。按照汉代的印绶制度，佩绶者地位越高，所佩的绶就越长。清代朱象贤《印典》引《汉官仪》："绶长一丈二尺，法十二月；广三尺，法天地人，此佩印之祖也。"同时，根据身份的不同，不同质地的印与不同颜色的绶相结合。其中，帝后一般为玉玺佩赤绶或黄赤绶；诸侯王一般为金玺佩绿色绶；公、侯、将军为金印紫色绶；二千石的官员一般为银印青色绶；千石至四百石的官员一般为铜印佩黑色绶；四百石至二百石的官员则为铜印佩黄色绶。《史记·范雎蔡泽列传》中有"怀黄金之印，结紫绶于腰"的描述。《后汉书·灵思何皇后纪》也言："病卒，赠前将军印绶。"

国子柳博士兼领太常博士辄申贺赠

〔唐〕皇甫曾

博士本秦官，求才帖职 [1] 难。
临风曲台 [2] 净，对月碧池寒。
讲学分阴重，斋祠晓漏残。
朝衣 [3] 辨色处，双绶更宜看。

注释

[1] 帖职：兼职。
[2] 曲台：秦宫殿名，汉代时被用作天子射宫，又立为署，置太常博士弟子。后用作太常寺的别称。
[3] 朝衣：官员上朝时的官服。

◎双绶

　　双绶是穿着礼服时佩戴的两条绶带。有大双绶和小双绶两种，通常挂在腰部，左右各一条。

　　双绶是由秦汉时期的印绶演变而来，南北朝以后广为流行，唐代时，为五品以上官员着朝服所系。《隋书·礼仪志》载："双大绶，六采，玄黄赤白缥绿，纯玄质，长二丈四尺，五百首，广一尺；小双绶，长二尺六寸，色同大绶，而首半之，间施三玉环。"

瑞鹤仙·吴世嫂五十初度赋祝

〔清〕何振岱

灵飞飚大绶，看披拂祥云，庄严金母。森森慈竹茂，恁抽枝舒叶，冰霜经后。承颜献酒，正滟碧、花前大斗。数年华刚半，春韶为卜，北堂长寿。

回道籥灯风雨，荻笔辛勤，六书亲授。携金镂石，循教也，尽能彀[1]。是天酬贞节斓斒[2]成队，锡与庥[3]和气候。拟遵生、泰上成鸠，窈心永懋[4]。

注释

[1] 彀：足够，满足。
[2] 斓斒：色彩错杂鲜明的样子。
[3] 锡与：赐予，赐给。庥：荫蔽，庇佑。
[4] 永懋：永远幸福快乐。懋，喜悦。

◎大绶

　　大绶指质地细密的绶带，与质地粗疏的"小绶"相区别。《通典·礼志二十一》载："大绶，六采：元、黄、赤、白、缥、绿，纯元质，长二丈四尺，五百首，广一尺。"

　　宋代用织锦为绶，称为"锦绶"，且用不同的花纹来区别官职的高低。按照宋代服饰制度的规定，皇帝的大绶以六采织成，皇太子的大绶则以四采织成，品官的锦绶则分为七等：一等为天下乐晕锦，二等为杂花晕锦，三等为方胜宜男锦，四等为翠毛锦，五等为簇四雕锦，六等为黄狮子锦，七等为方胜练鹊锦，而法官用青地带莲锦绶，以区别于诸臣。

　　明代洪武元年，定朝服用锦绶，按品级以各色丝织成不同花样。皇帝、皇后及文武官员在穿朝服、祭服时，都在身后佩挂大绶。嘉靖时期，定大绶各按品级花样织造，绶环不织于大绶，以小绶编结悬挂。明代王三聘在《古今事物考》中言道："大明诸司职掌云，皇帝衮冕大绶六采，用黄白赤玄缥绿织成。纯玄质，五百首。小绶三色，同大绶，间织。……世子衮冕绶紫质，用紫黄赤三采织成，间织。牟服俱用大绶。文武官朝服，一品二品，绶用绿黄赤紫四色丝，织成云凤四色花锦，下结青丝网。三品、四品，绶用四色，织云鹤。五品绶四色，织盘雕。六品、七品，绶黄绿赤三色，织练鹊。八品、九品，绶黄绿二色，织鸂鶒。"

小重山·秋到长门秋草黄

〔唐〕薛昭蕴

秋到长门秋草黄，画梁双燕去，出宫墙。玉箫无复理霓裳，金蝉[1]坠，鸾镜掩休妆[2]。

忆昔在昭阳，舞衣红绶带，绣鸳鸯。至今犹惹御炉香，魂梦断，愁听漏更长。

注释

[1] 金蝉：金制蝉形的头饰。
[2] 休妆：美好的妆饰。休，美善。

◎绶带

绶，又称绶带，是古时候官吏、贵族妇女系印和佩玉的丝带。"绶"指的是一种丝质的带子。唐代颜师古《急就篇注》曰："绶，受也，所以承受印环也。"《隋书·礼仪志六》云："凡绶，先合单纺为一丝，丝四为一扶，扶五为一首，首五成一文，采纯为质。首多者丝细，首少者丝粗。"绶带常常与各种玉饰、印信相组合来佩戴，也可单独佩戴，如组绶、印绶、双绶、大绶、玉环绶、三绶等。

绶带早在先秦时期就已经出现了。至汉代，继承秦制，仍用绶。同时为了显示不同的身份与等级，绶带还分为紫、青、红、绿、黑、黄等不同的颜色。《礼记·玉藻》记载："天子佩白玉而玄组绶。"《周礼·天官·幕人》载："掌帷、幕、幄、帟、绶之事。"不仅是官员，当时的贵族妇女亦佩绶带。《后汉书·舆服志》载："自公主封君以上皆带绶。"后世将绶带作为一种官服制度一直流传下来，历代只是在绶带的规格和颜色有所变化，同时在绶带上也绣有不同的花鸟等纹饰。

禁中垂柳

〔宋〕宋祁

曼线长枝不自收，天姿濯濯与风流。
已随晓珮拖三绶，更伴春旗亚九旒 [1]。
尽日舞残芳吹在，此时眠熟暝烟留。
宫中二月多行乐，为扫清尘待翠虬 [2]。

注释

[1] 旒：古同"旒"，古代旌旗下边或边缘上悬垂的装饰品。

[2] 翠虬：青龙。此处应是喻指翠绿的杨柳枝条。

◎三绶

　　汉代的官员大多佩戴印绶，一官必有一印，而有一枚印章便佩戴一印绶，若有数枚印章，则配用数条印绶。绶越多，则表示官员的权力越大。

　　"三绶"是汉代奖励有突出贡献或地位大臣的一种方式。若一个官员"身带三绶"，则表明他深受皇帝的宠信，往往是身兼数个要职。《后汉书·朱浮传》载："伯通（彭宠字）以名字典郡，有佐命之功，……朝廷之于伯通，恩亦厚矣，委以大郡，任以威武，事有柱石之寄，情同子孙之亲。匹夫媵母尚能致命一餐，岂有身带三绶，职典大邦，而不顾恩义，生心外畔者乎！"李贤注曰："（彭）宠为渔阳太守、建忠侯、大将军，故带三绶。"后世皆以佩"三绶"为荣耀，如唐代墓志铭有："轩裳累照，将军佩三绶之荣；台铉重光，太尉承四环之庆。"宋代陈造有《挽章》诗曰："子孙忠孝联三绶，说似前人合厚颜。"

东都 [1] 冬日会诸同年宴郑家林亭

〔唐〕白居易

盛时陪上第，暇日会群贤。

桂折 [2] 应同树，莺迁 [3] 各异年。

宾阶纷组佩，妓席俨花钿。

促膝齐贫贱，差肩次后先。

助歌林下水，销酒雪中天。

他日升沈 [4] 者，无忘共此筵。

注释

[1] 东都：唐朝时，以洛阳为东都。

[2] 桂折：通作"折桂"，登科的代名词。

[3] 莺迁：典出《诗·小雅·伐木》，后成为擢升或迁居的颂词。

[4] 升沈：沈通"沉"，指仕途的升官降职。

◎组佩

组佩，又名"杂佩""佩玉"，专指由玉珩、玉璜、玉琚、玉瑀、冲牙玉器串联组成的悬于身上的佩饰玉。此佩玉现今所知最早见于春秋早期，战国达到极盛，为当时王公贵族必佩之物。汉代以后，玉组佩逐渐被废。到明代时，再度流行，成为冠服制度中不可缺少的佩饰。

玉佩作为古代贵族礼服上必不可少的一种装饰，有严格的等级约束。《后汉书·舆服志》载："古者君臣佩玉，尊卑有度；……至孝明皇帝，乃为大佩，冲牙双瑀璜，皆以白玉。"

春秋战国时期的组佩，一般由璜、环、珑、琥、觽、珠等组成，通常用玉环（璧）、玉璜作主体，以珑、琥、觽为悬饰。人们佩戴成组佩玉，不只是出于纯粹的装饰目的，更是由于玉具有坚硬、润泽、纯净、美观等属性，因此被当时士人看成是人的完美品德的象征。《礼记·玉藻》载："古之君子必佩玉。"古人的诗篇中也有大量以美玉比喻君子德行的例子。

战国时期，玉组佩串连形式较为多样，玉件也较为精美，多雕刻龙凤纹饰等。西汉初年，战国风格的组佩曾流行过一段时间，但串联形式趋于简化，西汉中后期组佩基本消失。南北朝、唐、元时的组佩发生了新的变化，形制进一步简化，玉件的造型风格、组佩的串联形式与战国已完全不同。玉件除少数刻阴线花鸟流云纹外，多为光素，与同时其他种类玉器相比，显得较粗糙。到了明代，玉组佩在形式上则更加活泼，各节玉饰的形状也十分多样，

◎组佩	有叶形、云形、菱形等，同时，各节之间还串接有玉人、鱼、蝉等小玉器部件。玉组佩与礼服同时穿戴，佩戴时系于革带的左右两侧，行走时要步伐徐缓，更能彰显出佩戴者从容不迫、高贵庄严的气度。

水调歌头·闻采石战胜

〔宋〕张孝祥

　　雪洗虏尘 [1] 静，风约楚云留。何人为写悲壮，吹角古城楼？湖海平生豪气，关塞如今风景，剪烛看吴钩。剩喜燃犀处 [2]，骇浪与天浮。

　　忆当年，周与谢 [3]，富春秋。小乔初嫁，香囊 [4] 未解，勋业故优游。赤壁矶头落照，肥水桥边衰草，渺渺唤人愁。我欲乘风去，击楫誓中流。

注释

[1] 虏尘：指金人的兵马。
[2] 剩喜：更喜。燃犀处：指牛渚矶。
[3] 周与谢：即周瑜与谢玄。
[4] 香囊：盛香料的小囊，佩于身或悬于帐以为饰物。此处指谢玄少年的事。

○香囊

　　香囊，又称为"香袋""花囊""香荷包"，是一种盛放草药或香料的布袋。因其既可以散发出香气，驱虫除秽，又可作为装饰且不分男女，人们都爱随身佩戴。佩带香囊的历史可以追溯到战国时期，屈原《离骚》中就有佩带香囊的记载。香囊一般多挂于腰际即胸襟，也有放置在袖中的，入寝时，则悬挂于帐内。汉乐府《孔雀东南飞》有"红罗复斗帐，四角垂香囊"之语。

　　香囊是古代汉族劳动妇女创造的一种民间刺绣工艺品，样式繁多，一般有制成圆形、方形、石榴形、桃形、腰圆形、方胜形等，多是两片相合中间镂空，也有的中空缩口，但都必须有孔透气。香囊顶端有便于悬挂的丝绦，两边穿有绳子，一拉就可以收紧香囊口。香囊的下端系有结出百结的系绳丝线彩绦或珠宝流苏，而"百结"则是取其谐音"百吉"，寓意吉祥。香囊的质地、种类也很多，有玉镂雕、金累丝、银累丝、点翠镶嵌和丝绣等。总之，小小的一个香囊上积攒了古代无数劳动妇女的创造力！

　　事实上，戴香囊是颇有讲究的。香囊的里面往往会放上一些中草药，可以防病健身，十分适合体弱多病的人。女子多是喜欢放入一些别致的香料，既可以防虫驱害，又能掩盖体味。而在香囊的图案和形状上，小孩子们喜欢绣着飞禽走兽的可爱样式，老年人则喜欢绣梅花、菊花、荷花等寓意吉祥的样式。若是热恋中的男女，送香囊则是祈愿爱情美好的表现。

　　关于戴香囊，还有一个小故事。相传东晋时的谢玄喜欢佩戴一种紫罗香囊，香囊的飘带垂下正好盖住手。谢玄的这一装扮在叔父谢安眼里实在过于阴柔，而且身为谢家子弟，将来是要做大事的，谢安也希望谢玄将来能成为将才。因此谢安十分不喜欢谢玄佩带紫罗香囊的做法，对此颇为忧虑。可是谢安又不想伤了叔侄之间的感情，于是便开玩笑与他打赌。最后，谢玄打赌输了，就把紫罗香囊取下来烧掉了，从此不再佩戴紫罗香囊。这便是"紫罗香囊"的故事。

素描——香囊

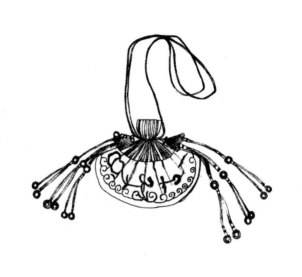

雪洗虏尘静，风约楚云留。
何人为写悲壮，吹角古城楼？

——〔宋〕张孝祥

中吕·喜春来

〔元〕伯颜

　　金鱼[1]玉带罗襕扣，皂盖朱幡列五侯，山河判断[2]在俺笔尖头。得意秋，分破[3]帝王忧。

注释

[1] 金鱼：此处指佩戴的金制鱼符。
[2] 判断：元人口语，掌管的意思。
[3] 分破：元人口语，分忧的意思。

◎玉带

玉带是蟒服或官衣外面的腰带，又称"角带"，通常是指用玉装饰的皮革制的腰带即革带。这种革带上装饰的玉制品，通常呈长方形或圆形，称为"带銙"，俗称玉带板，是古代区别官爵、等级——九卿、六部、四相的标记。早期的玉带被称为"蹀躞带"，上面的玉并没有占据太多的位置，同时革带上还缀有许多勾环之类，用以钩挂小型器具或佩饰等物。蹀躞带通常只有一根鞓，一副带扣，不用铊尾。

玉带的使用最早可以追溯到战国时代，于唐宋时期大范围流行起来。玉带原本是胡人骑士的穿戴，后传入内地。玉带最初的装饰部位主要在腹前正中腰带两端的链接处，用带钩相连。带钩的材质一般以玉制和铜制为主。南北朝时，玉带的形式有所改变，演变为在革鞓上只缀有方形的带銙。

到了隋唐时期，玉带已经被规定为官服专用。此时的玉带大多是双鞓、双扣、双铊尾的。并且，革鞓上通常还套有锦缎制作的带套，有带銙缀在其上。根据带銙数量的多少，便可以判断官员的级别地位。

唐代的"大带制度"就是以带上所缀的装饰品的质地和数量来区别官位等级的。程大昌《演繁露·卷十二》载："唐制五品以上，皆金带，至三品则兼金玉带。本朝玉带虽出特赐，须得阁门关子许服，方敢用以朝谒。"带銙的数量一般有9-13片不等，组成一组。玉带虽然是束在腰上，但并不贴紧，主要起到的是装饰作用，用来象征着佩戴者的身份和地位。

五代和宋时期，单鞓和双鞓的玉带同时并用。宋

◎玉带	代的玉带饰制度虽然有所不同，但仍然是以带铸的质料和数量来区分身份地位的。《宋史·舆服志》载："太平兴国七年正月，翰林学士承旨李昉等奏曰：'奉诏详定车服制度，请从三品以上服玉带，四品以上服金带。'"宋代的玉带，一般前鞓缀有2-6块带铸，后鞓是排方。辽金时期的玉带已经接近明制，带铸的数量在20块左右。到元代时，革带的带铸形状和数量已经基本固定。

明代时期，由于制玉业的发达，腰佩玉带的风气依然盛行。这一时期的朝廷对于佩玉带的制度有所放松，早期带铸的数量还允许在16-25块之间。而且，由于玉带的长度越来越长，已经完全失去了唐宋时束腰的功能，变成了纯粹的装饰品，全然成了身份地位的象征。此时，只有穿军装或甲胄的官员，其革带才真正是系在腰上的。明代对于不同级别的官员，如何使用玉带有着严格的规定，并且对于玉带的质地、数量、形状，甚至纹饰都有着明文规定。一般皇帝的玉带为24铸，而大臣们的玉带为20铸。明张自烈《正字通》戌集上"铸字条"载："明制，革带前合口处曰三台，左右排三圆桃。排方左右曰鱼尾，有辅弼二小方。后七枚，前大小十三枚。"

而到了清代时期，由于统治者沿用了自己本民族的习俗和服饰，玉带制度也被废除了。

跋陆务观《剑南诗稿》二首

〔宋〕杨万里

其一
剑外[1]归乘使者车，浙东新得左鱼符。
可怜霜鬓何人问，焉用诗名绝世无[2]。

其二
雕得心肝百杂碎，依前途辙九盘纡。
少陵生在穷如虱，千载诗人拜蹇驴。

注释

[1] 剑外：即剑南。
[2] 绝世无：盖世，当世第一。

◎鱼符、
鱼袋

鱼符，在隋唐时期是一种由朝廷颁发的符信。一般用铜制成鱼形，分为左右两片，可以拼合验勘。而用来装鱼符的袋子便是"鱼袋"。鱼袋分为"金鱼袋"和"银鱼袋"。顾名思义，袋子上用金作为装饰的是"金鱼袋"，用银作为装饰的是"银鱼袋"。唐代张鷟在《耳目记》里曾有记载，唐"以鲤为符瑞，为铜鱼符以佩之"。官员佩戴鱼符一般要符合两个条件：一是京官，即必须要是在中央系统任职的官员；二是要官五品以上。

唐代的鱼符就相当于进出宫廷门禁的腰牌，是防止有人随意进入宫廷，威胁皇帝的安全。《新唐书·车服志》中记载："高宗给五品以上随身鱼、银袋，以防召命之诈，出内必合。三品以上金饰袋。"如果佩鱼符者离职了或去世了，鱼符必须缴回。但因"情不可忍"，永徽五年（654），高宗又下令："自今以后，五品以上有薨亡者，其随身鱼不须追收。"而武则天垂拱二年（686）以后，不管是京官，还是远离京畿的地方官，都可以佩戴随身鱼。自此，鱼符从最初的符信功能演变成了一种恩赏标志。

宋代沿用了唐代的鱼袋之制，但也不过是"以金银饰为鱼形，公服则系于带而垂于后"，鱼符完全失去了最初的符信意义，只存鱼袋之名，是一件用来装饰的佩饰。佩鱼者仅限六品以上的官员，《宋史·舆服志》载："服紫者，饰以金；服绯者，饰以银。"

宋代的鱼袋之制虽徒有形式，但因是身份地位的象征，仍被人们所看重。例如，翰林学士为正三品，服紫，遂佩金鱼袋。事实上，宋初的翰林学士并不在

◎鱼符、鱼袋	佩鱼之列，直到元丰中，翰林学士才开始有佩鱼之制。此时佩鱼，也称"重金"。苏轼在《谢宣召入院状二首·其一》中曾说道："宝带重金，佩元丰之新渥"。

素描——鱼符、鱼袋

雕得心肝百杂碎，依前途辙九盘纡。

少陵生在穷如虱，千载诗人拜寒驴。

——〔宋〕杨万里

赠韦处士六年夏大热旱

〔唐〕白居易

骄阳连毒暑，动植皆枯槁。
旱日乾密云，炎烟燋茂草。
少壮犹困苦，况予病且老。
既无白栴檀[1]，何以除热恼[2]？
汗巾束头鬓，膻食熏襟抱。
始觉韦山人[3]，休粮散发好。

注释

[1] 白栴檀：即白檀香。《楞严经》云："白旃檀涂身，能除一切热恼。今西南诸番酋，皆用诸香涂身，取此义也。"
[2] 热恼：也作"热脑"，因热旱而苦恼。
[3] 韦山人：即韦山甫，唐朝时的术士。

◎汗巾

汗巾，即擦汗用的手巾、手帕，本为骑马之人马络带的备用品，以布或绸为之，后逐渐演变成了一种服装的附属部件。汗巾的使用没有性别之分，男女皆可。一说大臣们将绣有"忠孝"字样的汗巾系在腰间，一旦被赐死，便用此自尽。后经过演绎，凡是系在腰间的，皆可以称为"汗巾"或"汗巾子"。

汗巾有方形的，也有长条形的。其大小有长有短，长的可达2米，两端缀有穗子，一般是系在腰间；短的有1米左右，没有穗子，一般搭在肩上。精致的汗巾往往会采用双面绣针法绣上各种图案。

在古代，汗巾还可以作为男女之间的信物，以表情意。

关于汗巾，《字触》中曾记载了这样一个故事。有一个即将要参加科举的世家子弟，为了求得一切顺利，在考试前取出袖中的汗巾，占卜问吉。算卦的人问道："您家中是不是三代都中过进士？"世家子弟回答说："是的。"算卦的人叹了口气说："您啊想要得中，可惜肚子里却没货。您以'汗巾'问卜，这个'汗'字好像由'三'和倒写的'士'构成，而'巾'字则是'中'字少了下面的一横。"可见，算卦人的言外之意便是不能高中。

吉祥寺 [1] 赏牡丹

〔宋〕苏轼

人老簪花不自羞，花应羞上老人头。
醉归扶路人应笑，十里珠帘半上钩 [2]。

注释

[1] 吉祥寺：在杭州安国坊，寺地广袤，宋时多牡丹。《武林梵志》记载："吉祥律寺，在杭州安国坊。乾德三年，睦州刺史薛温舍地为寺。治平二年，改曰广福，其地多牡丹。"

[2] 十里珠帘半上钩：此句为化用杜牧《赠别》句："春风十里扬州路，卷上珠帘总不如。"

◎簪花

簪花，是中国古代人插戴在头上的一种花饰，一般饰在妇人的头上。"簪"就有插戴的意思，"簪花"就是把花戴在头上，故名。古人用时令鲜花，也有用金银、绸绢等制成假花，插于发髻、鬓角或冠上，作为装饰或礼仪程序的一种风俗。

簪花始于汉代，至唐宋时，男女簪花的风气盛行。上至皇帝贵族，下到小吏平民，无不簪花。唐代周昉的名画《簪花仕女图》中的仕女，其妆扮就是头戴鲜花。有一说，认为簪花的兴起和兴盛与隋唐以来的"斗百草"游戏有关。所谓"斗百草"，就是参与游戏的女子或儿童采集植物草茎、花朵，用手拽（称为"武斗"）或报草茎的名字（称为"文斗"）来决定胜负，进而发展成谁报出的名字多或谁头上插的花就多，谁就取胜。此时的"簪花"便就是"斗花"。五代王仁裕在《开元天宝遗事》中就提到了这种游戏："春时斗花，戴插以奇花多者为胜。"

在唐代时，由簪花还发展出了一种重要的"簪花礼"，即在新科进士庆祝的"曲江宴"上，赐花戴花。唐代诗人孟郊在《登科后》中"春风得意马蹄疾，一日看尽长安花"的诗句，描述的就是这一场景。宋代沿袭了唐代的簪花习俗，但却经历了一段从强制簪花到争相簪花的过程。一开始，官员们并不喜欢簪花这一习俗，不愿簪戴，但又不能违背圣意，就只好让仆人拿回家或戴回家。《宋史》中就有记载："庆历七年，御史言：'凡预大宴并御筵，其所赐花，并须戴归私第，不得更令仆从持戴，违者纠举。'"久而久之，这就

| ◎簪花 | 形成了一套赐花、戴花的礼仪程序。《宋史·礼志》中记载:"酒五行,预宴官并兴就次,赐花有差。少顷,戴花毕,与宴官诣望阙位立,谢花,再拜讫,复升就坐。"

皇帝御赐簪花是一种荣耀,《钱塘遗事》卷十《赴省登科五荣须知》云:"御宴赐花,都人叹美,三荣也。"但赐花也是有差别的,即不同官位等级所戴的花有高低贵贱之分。宋代时,皇帝赐花百官,以罗花最贵,宰执以上官员方可得之;栾枝次之,赐以卿监以上官;绢花赐以将校以下官。

后来,簪花不仅受到朝臣与士人们的喜爱,在民间也掀起了戴花的风潮。据记载,当时从贩夫走卒到妇孺歌妓,甚至绿林强盗都兴簪花。《水浒传》中的蔡庆、阮小五、"浪子"燕青等人都钟情于簪花,蔡庆还有个"一枝花"的外号。簪花盛行的同时,与赏花风尚珠联璧合,还带动了宋代花卉市场的繁荣。

宋代以后,簪花的风尚逐渐衰弱,清代赵翼的《陔余丛考》中有云:"今俗唯妇女簪花,古人则无有不簪花者。"簪花也逐渐成为女性的特权,男子间已少有簪花之人。 |

述怀二首·其二

〔元〕龚璛

葺荷 [1] 不用织，采莲尚可食。
芳时安可常，秋风鸣槭槭 [2]。
美人明月珰，青霓以为裳。
手揽北斗柄，低昂挹 [3] 天浆。
天浆解渴心，下土何茫茫？
九牡阊阖开，寸诚函绿章。
焉得飞仙术，与陪鸾鹤翔？
所忧岁年驶，敢畏道阻长。
启户辨夜色，驱车溯晨光。
终然江海滋，临路空彷徨。

注释

[1] 葺荷：指用荷叶覆盖房屋顶。
[2] 槭槭：象声词，指风吹动树叶的声音。
[3] 挹：舀。

◎耳珰

耳珰，即古代妇女的一种耳饰，类似于今天所说的耳环、耳坠。东汉刘熙的《释名·释首饰》记："穿耳施珠曰珰。""珰"的本意指用玉做的饰品，耳珰或起源于新石器时代，最早来源于百越之地的少数民族妇女戴在耳朵上的装饰物。耳珰的佩戴方式一般有两种，一种是直接穿耳佩戴，另一种是系在簪首作为垂饰。其中穿耳佩戴的方式，至今还在一些少数民族地区流行。

耳珰通常是以玉、玛瑙、水晶、琥珀、琉璃等晶莹剔透的材料制成，也有用金、银、骨、象牙等制成的。其中最常见的就是以玻璃(古代称"琉璃")制成的。《孔雀东南飞》中的刘兰芝："腰若流纨素，耳著明月珰。"这里的"明月珰"便就是玻璃制成的耳珰。

耳珰一般为圆筒形状，两端较宽大，中部有明显的收腰，也有一端小一端大呈喇叭状的，大多中心穿孔，下垂有小铃。妇女们佩戴耳珰，本意是用此珰锤来提醒她们行动谨慎。后传入中原地区，为汉族女子所效仿。

汉代女子佩戴耳珰时一般不穿耳洞，而是用丝线系住穿孔的耳珰，悬饰在耳旁，叫作"悬珥"，或是将"悬珥"系于发簪之首，簪于发髻，悬于耳旁，叫作"簪珥"。其除了有装饰的作用外，也相当于古代帝王冕冠上的"充耳"，具有提醒佩戴者不要妄听闲言的作用。

魏晋时期，耳珰在妇女之间盛行，其中以玻璃耳珰最多，以珍珠耳珰最为贵重。西晋傅玄在《七谋》中也有描述："佩昆山之美玉，珥海南之明珰。"珮

◎耳珰	玉以昆山的为最上，耳珰则以海南的珍珠为最佳品。因此，能够佩戴珍珠耳珰的都是身份极其尊贵之人。 　　唐朝时，因受儒家"身体发肤，受之父母，不可毁伤"思想的影响，禁止子民打耳洞，佩戴耳珰的人大大减少。宋代时，耳珰再度流行。元明清时，戴耳珰的习俗也一直保留下来。清代郭则沄在《浣溪沙·一片瑶台罨暮云》中有云："彩扇半遮秦女面，珠珰新返洛妃魂。不分明处更撩人。"

终

诗
歌
中
的
服
饰